それでも、恋をしてよかった

亡き人と語り合う愛の記憶

先生に

はじめに

真実とはなにか、本当の美とはなにか、彼は考え続けていた。アウトサイダー、奔放、粗野……。けれど、深い愛の持ち主だった。ちょっと「寅さん」に似ていて、多くの女性と恋しては、少なからず周囲に迷惑をかけた。私はその最後の相手。

彼とは年齢《とし》が二十三離れていたから、出逢ったときはすでに彼には妻子がいた。彼はその家族に、私のことを隠さないばかりか、平然と紹介した。とうに成人している子どもたちはそれなりに受け容れたが、妻からは何度も咎められた。私が苦悩するたび、彼は「人が人を愛するってことは、どんな場合であっても悪いことじゃない。美しいことなんだ。それだけは忘れないで」と、力を込めて繰り返した。

自分の家族以外には一切話さなかった。私の両親にも。「こんな俺じゃ、びっくりしちゃうだろ?」と。そして職場の友人として、商家だった私の実家に出入りし、両親とすっかり親しくなる。

私は実家を出て一人暮らしをしていたが、老いていく両親を心配した彼に、「そろそろ実家に戻って、父ちゃんたちを安心させてやりなよ」と勧められ、従った。彼は足繁《しげ》くやってきては、我家と両親のため、あらゆる面で献身的に尽力してくれた。

二人が出逢った頃から、彼の妻は郷里で暮らしはじめる。ずっと以前から計画されていたことで、いずれは彼もそちらへ移るつもりだったようだ。が、彼の単身生活が二十年近く続いたあと、夫婦は離婚した。

彼は何度も大きな病を得て大手術をしたが、そのたび乗り越えた。生きる、という意志の強靭さは並大抵ではなかった。私は通院や生活の援助のため、彼の家に通う。

生きるために挑んだ二度目の脊柱管狭窄症の手術で、彼は帰らぬ人となった。術後の感染による敗血症が原因だった。「この足を治して、また二人で全国を旅しような」と描いていた未来は、消えてなくなった。

息を引き取るまでの約一か月、彼はＩＣＵで闘い続けた。壮絶な闘いだった。私に心の準備をさせるために苦しみに耐えていた、私にはそう思える。

入籍したのは、その闘いの最中《さなか》。だから未だに〝夫〟という呼び方には馴染めない。彼を呼ぶときは職場時代からずっと「先生」で、今もそれは変わらない。

誰にも告げない、二人だけの関係。結婚したのかしないのかも判然としない。子どももない。人に迷惑もかけた私たちの恋。喪って味わった孤独、自責、後悔の苦しみ。それでも、恋をしてよかった、と断言できる。幸福とはなにか、美とはなにか、本当に大切なことはなにか、全身全霊で彼は教えてくれた。

とてつもないさびしさに沈むたびに思う。こんなさびしさを味わえるほど人を愛せたなんて幸せだ、と。彼と過ごした二十三年間が私の生きた証。愛の記憶は今も私を支え続けてくれる。

＊作品はほぼ執筆した順序のまま掲載しています。季節の風に誘われるまま胸に想起したことを綴ったため、時間が交錯し、わかりづらい面もあることと思いますが、どうかお許しください。

目次

月

月を眺めるのが好きだ。そこに宇宙船が着陸したのはテレビで見たし、二色のチョコが「ドッキング」したお菓子のアポロだってずいぶん食べた。それでも私にとって月は、兎が住む神聖なところ。お腹を空かせた旅人に差し出せるものがなにもないからと、我が身を炎に投げて捧げた、あの兎。手を合わせずにはいられない。

彼も同じで、満月のときにはいそいそと団子をつくった。私はもっぱら仕上げの団扇《うちわ》係。戦中生まれの彼にとって、米粉の団子は最高級の食べ物だという。不揃いだが艶《つや》やかな団子を供え、書斎で月を眺めた。朱《あか》みを帯びた大きな月は、昇るにつれて引き締まり、輝きを増していく。二人ともだまって、ただ月を仰いだ。

晩年、歩行器を引きずって書斎に入ってきた彼は、私の横に並んで立った。荒い呼吸《いき》がようやく整うと、月を見ながら言った。

「お前が今、なにを祈ってるか、俺はわかる。俺も同じだよ。お前の健康」

「え？　私は先生の……」

言いかけた言葉はすぐに遮《さえぎ》られた。

「同じことだよ。お前が元気で生きてれば、俺が生きてるのと同じことなんだ。そうだろ？」

反論すると泣いてしまいそうだった。しかたなく、私は無言で頷《うなず》いた。

世界中の人が眺める月。どんな場所で、どんな気持ちで見つめているのだろう。

新月を経た、生まれたてのかぼそい月が残照の空に懸かるのを見つけると、あの人と再会したようで、涙が出てしまう。

☽☽

「メシ食いに行こう！」

強引な誘いだった。迎えにきた車はスバルSVX。カッコよすぎる。女性関係のよからぬ噂がチラリと脳裏をかすめた。身構えながら座ったシートは思いの外深く、お尻がスポッと吸い込まれた。溺れかけた人みたいにあわてもがいたら、真新しい革が微かに香った。

車はスイと川越インターへ。関越道を下りはじめる。エッ、夕飯ごときに高速!? チョット、おもしろいじゃないのこの男《ひと》。

春の夕べはちょうど日没。街は灯りが点り出す。山々がシルエットを見せて近づいてくる。ずんずん暗くなっていく中、ずんずん家から遠ざかる。これって実に魅惑的。行く先知らずはなお一層。不思議な幸福感。

渋川で高速を降り、着いたのは「そば茶屋」なる店。主人が離れで黙々と蕎麦を打ち、女将《おかみ》は赤ん坊を背中に括《くく》りつけ、店内をクルクル動き回る。素朴、質実、気持ちがいい。高級レストランでなくてよかった。

グイグイビールを飲み、モリモリ天ぷらを食べ、ずけずけ喋りまくる。中学校現場で味わった山ほどの感動、同じくらいたくさんの不満。理想と現実の落差。どうせ異動するんだ。この男《ひと》ともう会うことはない。どう思われたって構わない。見知らぬ土地にいる解放感とほろ酔い気分に後押しされて言いたい放題、話の勢いはぐんぐん増した。

ひとしきりすると、

「たまげたなァ！　どこでそんな考え、身につけたんだ？」

そう言って、彼が話し出した。驚くのは今度は私の番だった。

二人の思考はそっくり。話せば話すほど、同じ景色が見えてくる。まるでパズルのピースが埋まっていくように。

「俺は若い頃からずっと言い続けてきたけど、誰も理解する奴《やつ》はいなかった。みんな『それは理想論だ』と、ひと言で片づけて」

私も同じ。互いにはじめて同じものを求める人に出会い、興奮した。彼は本当はとても真面目な男《ひと》だった。そのことにも私は打たれていた。

私たちの思考の根底にあるのは、「自然」だった。今では死語に近い「自然の摂理」という言葉を、彼はさかんに使った。〝命には限りがある〟〝森羅万象、すべてのものは支えあっている〟……これは、真実を見出すための原点。この地球で人間がどう生きるべきか示してくれる。守るべき則《のり》は、互いの命を尊重することであって、それ以外は大したことじゃない。靴下の色だのスカートの長さだの、ゴチャゴチャ言うのは愚の骨頂。大きな視点でものを見ろ。

帰路、運転する彼の左腕が私の肩を抱いた。遠慮のない重さが心地よかった。身を委ねようとシートに沈むと、視線の先に月が現れた。満面に強さとやさしさを湛えてこちらを見ている。車内にはベートーヴェンのバイオリン。甘美な愛を奏で……。

一頃《ひところ》、豪雪の六日町に二人の別荘があった。

「三日我慢すりゃあ、必ず晴れる」

という地元の人の言葉通り、雪は静かに降り続いたあと、ピタリと止んだ。その晴れ上がった朝の眩しさ！　こんもりと背丈ほどの雪に覆われた広大な田んぼの向こうに名峰八海が輝く。歓声を上げずにはいられない。

　樏《かんじき》を履いて川原を歩いた。青い空と白い大地の間を行く彼のあとを追う。が、バランスを崩してズボッと雪の中へ。もがきにもがいてようやく這い上がったものの、少し歩くとまたズボッ。

「若いんだから、ガンバレ！」

　いつも笑われた。

「なんでそんなにスタスタ歩けるの？」

　ヒーヒー言いながら訊くと、

「なんでって……。昔は年中、山を駆け回ったもんな。大学のときなんか、授業が終わると毎日、谷川岳に駆け登ったよ。重い絵具箱背負《しょ》って、下駄でさ。日が暮れると絵が描けないから、タッターッて大急ぎで」

　山を駆け登る仕草と表情を添えて、答えが返ってきた。

　近くのスキー場にもよく出かけた。二人とも数年のブランクがあったが、彼はすぐに勘を取り戻し、いつの間にかコブ斜面も克服。かたや私は一向上達せず。日陰はガリガリ、日向《ひなた》はシャーベットの越後の雪に、文字通り七転

八倒。その脇をはるかに年配の地元女性たちが、

「今日はあったかだすけ、眠くなっちまうがね……」

と、ゆったり滑り降りていく。

ある晩、ナイターで、ちょうど山頂から降りようとしたら、正面の真っ黒な山間《やまあい》に金色の光が蠢《うごめ》いた。みるみる膨らむ光の正体は、月。巨大な、まん丸の。命の誕生に立ち合ったような神々《こうごう》しさに、二人して息をのんで瞠《みつ》めた。


今日も面会時間をオーバーしてしまった。

せかせかと帰り支度をしていたら、見慣れぬ看護師が入ってきた。面会時間のことを注意されるのかと思ったが、そうではないらしい。師長を名乗ってから、女性は告げた。

「明日から、夜はご家族の付き添いをお願いします。猪熊さん、夜中に『腰

が痛い』『肩が痛い』『眠れない』ってひっきりなしにナースコールするんですよ。毎日これでは看護師たちが参ってしまうんで。それにご本人も、ご家族の方《ほう》が安心でしょうから」

言い方に少々ムッとしたが、表向きは素直に了解した。彼は珍しく一言も口を挟まなかった。

翌日、大荷物を担ぎ、電車とバスを乗り継いで病院へ。いつものように夕食を半ば強引に食べさせ、服薬、歯磨き。ベッドのリクライニングを微妙に調節し、就寝準備完了。果たして、今夜は眠れるのか。目を閉じて休息する彼をそうっと見た。

物音を気にしながら自身の就寝準備をはじめる。と、彼の声。

「お勝手の流しに……」「書斎の窓はさぁ……」「あのネズ公のヤツ……」

家の話だ。五月のはじめに入院してちょうど二か月。思いがけず長引いてしまったから、誰もいない自宅が心配なのはわかるが、それより早く寝てほしい。とりとめもなく続く話に、私はろくに相槌も打たず、終わるのを待った。

ようやく声が止んだとき、話に封をするように耳もとでゆっくりと言った。

「今日からずっと、ここに泊るからね」

返事はなかった。代わりに穏やかな鼾《いびき》が波音のように繰り返した。私は簡易ベッドに横たわった。

どのくらい経ったのだろう。看護師が巡回にきた。薄暗い灯りの中、手際よく作業をすませる。後ろ姿に抑えた声でお礼を言うと、労《ねぎら》いの言葉が返ってきた。

それからほんのわずか。鼾の波音が急に激しくなった。嵐のような喘鳴《ぜんめい》。息をつめ、全身を耳にする。変だ。跳ね起き、呼びかけた。

「苦しい？　ナースコールしようか？」

表情ひとつ変えずゴーゴーと呼吸を続ける彼。ああ、だけど、ついさっき見回ってもらったばかりだし、どうしよう。躊躇《ちゅうちょ》したそのとき、ピタリと音が止んだ。静寂が広がる……。

必死でナースコールを押した。駆けつけた看護師は、彼をひと目見るなり大声で応援を呼んだ。叫び声、バタバタと走る音、ワゴンの金属音……。それらと自分の心臓の音がごちゃ混ぜになってガンガンワンワン頭の中で響く。

救命処置がはじまっていた。ベッドに馬乗りして心臓マッサージをする看護師を見つめながら、これは現実なのだろうかと、虚ろな頭で考えていた。

ややあって、

「家族の方は外に出てください！」

叱りつけるような看護師の声が飛んできた。部屋の隅で身を固くしている私に気づいてびっくりしたようだ。

フラフラと廊下に出る。暗かった。突き当りのデイルームに入ると、さっき見たことは嘘だったかのようにひっそりとしていた。

大きなガラス張りの窓の外、新宿の高層ビルが並んでいる。深夜なのだろう、てっぺんの赤いランプだけが点滅している。目線を上げると、月がそこにいた。満月だ。中空に張りついたように静止し、なにものも寄せつけぬとばかり強い白光を放っている。怖い。咄嗟《とっさ》に目を逸らした。

月は私の心を見透かしていた。

お前は、夜の付き添いで起こされるのを面倒だと思っていただろう。看護師に腹を立てる資格がお前にあるのか。そのくせ「家族」と呼ばれたくらいでいい気になって。いつも自分の身を守ることばかり考えて、あの男がどれほど苦しんで限界と闘っていたのか、そばにいながらお前は気づかなかったのだ。自分が満たされているときは、誰だって人にやさしくなれる。だが、そうでないときにどれだけ相手を思いやれるかが愛の深さではないか。真の愛がわからぬ者に、あの男の命を任せることはできない。純粋なあの魂は私が預かる……。

月は明らかに私を拒絶していた。いつものように祈ることはおろか、謝ることも、泣くことすらも許されず、私はただ立ち尽くしていた。

長い時間が過ぎ、集中治療室で再会した彼は、幾本もの管につながれ眠っていた。彼と話せる日はもう二度と戻ってこなかった。

月を見るのがしばらく怖かった。

彼の日記帳《ダイアリー》をめくっていたら、はらりとなにかが落ちた。二つ折りのレポート用紙。短歌が記されていた。

夕暮れの空に飛び交う鳥たちの宴に添えよ中秋の月
中秋の名月めでてひとり居りさびしくもあり楽しくもあり
芸術の道は果てなく極めねど我が人生は中秋の月
名月にひとを想いて我ひとり強く烈しく生き長らえよ
虫の音に遠くの町の灯の上の月も小耳をかたむけるかも
中秋の満月にさえ負けまいと赤くひそかな影を見つめる

歌詠みの私の父に惚れ込んでいた彼。「俺は父ちゃんの弟子になる！」と宣言していたことがあったのを思い出した。そう言えば、短歌のみならず豆腐づくりまで教わるんだと、早朝、私の実家に通っていたこともあった。

この歌は父に見せたのだろうか。添削の形跡はない。おそらく、お世辞にも上手とは言えまい。けれど、心から月を愛し、真摯に生きようとする姿は、痛いほどまっすぐ伝わってくる。書斎の窓から、月の出を待って詠んだのだろう。

最初の歌が好きだ。その、小さな命を慈しむ心が、幼い子らと手毬で遊ぶ良寛さまの姿を髣髴《ほうふつ》させる。

晩年、脊柱管狭窄症《きょうさくしょう》に悩まされた彼。昼夜を問わない痛みと痺《しび》れ、ままならぬ歩行に、外出は難しくなった。

「これからは月を描くんだ」

そう言って、アトリエから見える月を描いた水彩画。

丸い月が青暗い宵の空に懸かっている。月光は放たれ、波紋のように揺れながら広がり、空に溶けていく。ゴッホの絵のように。目の前の瓦屋根が光を反射する。屋根の向こうには、竹林と電柱が黒い頭を見せている。遠くの町明かりがほんのり紅い。同じような絵が何枚も何枚もある。いつか油彩で描くはずだったから……。

足の自由を奪われ、外に出ることができなくなっても描けるもの、描きたいと思うものが、月だった。月は彼にとって自然の象徴となったのだろう。月を描くことで、心はかつてのように大自然を駆け巡る。そして森羅万象に宿る神々に出会い、祈っていたのだろう。

両手で命綱のように手すりを掴《つか》み、一段一段自分をもち上げて、二階のアトリエへたどり着く。弾んだ呼吸が収まるのを待って絵筆を持つ。月と己だけの世界で黙々と描く。ねぐらに帰る鳥たちの声が、彼を励ましていたかもしれない。

彼の心を想像している。

愛の記憶

「また個展をやるからきてね」

会う人ごとに誘いの声をかけていた彼が急に逝ってしまった。

二〇一七年夏、今日のように暑い日だった。葬儀は形だけ。誰にも知らせず済ませた。そうだ、個展は彼の本当の弔いになるかもしれない。彼の思いを果たすためにも、遺作展を開こう。

中学校の美術教師の傍ら、風景画を描き続けた彼。アトリエには所狭しと旅先の景色を描いた絵が並んでいた。油絵具の匂いがする。あの日の風と、絵を描く彼の姿が目の前に甦《よみがえ》り、胸が詰まった。やらなくては……。でも、なにから手をつければいいんだろう。額装だろうか。額屋さんはどこだった？会場はどこに？　どうやって決めればいい？　不安と焦りが募る。

ふと、最近行った市民芸術祭で、山﨑光雄さんの名前を見つけたことを思い出した。山﨑さんは彼の同僚で、同じ美術教師。私もかつて、一緒に働いたことがある。彼の教え子でもあり、当時はワル仲間とよく家に遊びにきたとか。山﨑さんなら、市内のギャラリーのことなどよく知っているだろう。相談にのってくれるかもしれない。

勇気を出して電話をかけた。山﨑さんは訃報と私たちの関係に驚いていたが、了解すると、たちまちのうちに会場と日程を決めた上、仲間を誘って、作品の搬入や展示にも進んで汗を流してくれた。

偶然一周忌と重なった遺作展。人出が心配だったが、連日来場者が絶えなかった。なかでも教え子たちは、LINEや連絡網を回したとかで、三十～七十代までの老若男女が足を運んでくれ、賑やかな思い出話が飛び交った。

「体育祭の大道具、先生が徹夜でつくったのよ」

「学期末は美術室が映画館になったよね。『禁じられた遊び』『チャップリンのキッド』よかったねぇ」

「大掃除のあとはいつも、焼却炉で焼き芋して食ったんですよ！」

世代を超えて話が弾む。

「あたし、あの頃ツッパッてたんだ……」照れながら話す女性。

「でも、先生だけは絶対怒らなかった。だから先生には素直になれた。あたし、大好きだった」

抱き合って一緒に泣いた。

亡夫が教え子だったという婦人は、

「夫は家が貧しくて……。先生が内緒で制服を買ってくれたんだ、ってよく話してました」

ああ、自分も子どもの頃に貧しくてつらい思いを味わったから、そうせずにはいられなかったのだろう。

どれも彼らしい。奔放で型破り、でも愛がある。久しぶりに心から笑った。彼はこんなにも多くの人を愛し、愛されたのだ。絵の奥で笑う彼が、私には確かに見えた。

遺作展の題名《タイトル》は〝愛の記憶〟。自然を心から愛した彼が、土に座し風に吹かれながら一心に描いた絵だから。気づけば、教え子たちの心にも〝愛の記憶〟が深く刻まれていた。

汗みずくで働いた教え子たちは、最後まで謝金を固辞した。

『こころ旅』は自分の足で

彼はNHKの番組『こころ旅』が好きだった。

火野正平の飾らぬ物言い、自然体の行動。

若い女性に吸い寄せられるように近づくのを見ては「正直だ」と笑い、虫や蛙を捕まえて愛でるのを見ては「えらいよ、純粋だ」と賞賛。時々咳するのを見ては「だからタバコやめろって。俺みたいに肺がんになっちゃうぞ」と本気で心配していた。

自転車からの風景がまたいい。自分が行ったことのある場所が映ると、往時を偲ぶ思い出話が次々飛び出した。貧しいけれど浪漫《ロマン》溢れる写生《スケッチ》旅行。

足が悪くなると、話は長くなった。締《しめ》の台詞は「若かったなぁ!」。

この春、『こころ旅』で埼玉県の手紙を募集すると知り、一念発起。思い出の場所を正平さんが訪ねてくれたら、どんなに彼は喜ぶだろう。それはきっと、なによりの恩返し、いや罪滅ぼしになる……! 期待が膨らむ。

川島町《かわじままち》だ。広い空と大地に惹かれて、三十代の彼が通いつめ描いた場所。彼が五十代のとき出逢った私は、当時のことは話で聞いた。話だけでは満足しない彼は、連日私を川島町に連れて行き、その景色を見せた。日没を見届け、真っ暗な畦道を蛙の声を聞きながら歩いた日々の思い出が胸を熱くする。思いの丈を精一杯綴り、手紙を送った。

放送予定日を調べる。収録は放送の二週間前らしい。毎日毎日空を眺め、晴天を祈る。そして緊張してテレビに向かった。

結果は不採用。番外編にも入らずじまい。ガックリと力が脱けた。仕方ない、自分の足で行こう。

独り者

毎朝、ベランダの皿にパンをちぎる。野鳥の餌が乏しい冬場から、夏前くらいまで続ける。彼が毎年していたからだ。

足の自由がきかなくなってきた頃、彼の家に寄ると真っ先に頼まれるのが「小鳥の餌」だった。掃除でもご飯づくりでも足のマッサージでもない。こっちは拍子抜け。が、彼にとっては一番の気がかりなのだった。

小鳥たちの食事風景を見るのは楽しい。シジュウカラはパンをくわえると、こぞって木の上へ。枝と足に挟んでついばむ。メジロがそれを真似するけれど、体重が足りないのか、押さえ損ねて落としてばかり。思わず「頑張れ！」と応援。

ガビチョウは警戒心が強い。餌場に誰もいなくなったのを見計らい、単独でヒョイヒョイと静かな跳躍で現れ、スッとパンをくわえたかと思うともういない。さえずりの賑やかさとは正反対だ。オナガやムクドリは大集団で登場。みるみるうちにパンの山は消えていく。

スズメがコロコロした丸い体を寄せ合って食べる姿や、巣立ったばかりのヒナが翼を震わせチィチィ甘えて、親からパンをもらう様子は愛らしい。ただ、スズメも実に用心深い。こちらがほんの少し身動きしただけで、一瞬で飛び去ってしまう。

「ここいらのスズメっこは、人の影が動いただけですぐ逃げる。よっぽど人間にひどい目に合わされたんだな」

彼はブツブツ言っていた。「ここいら」で育った私には心当たりが……。子ども時分、法で禁じられているのに霞網を掛ける人がいたし、焼鳥屋には「スズメ」と書かれた札もあった。人間は忘れても、スズメたちの記憶は子々孫々、受け継がれているらしい。

都会のスズメは人懐こい。都心の病院、待ち時間に外のベンチで昼食をとると、すぐにスズメが寄ってきた。足元で懸命に餌を探すスズメたちを見ると、彼はだまってパンをちぎり、ポンポンと投げた。結局いつも、半分以上スズメのお腹に入ってしまうが、彼は満足そうだった。

小鳥たちの水浴びは、さらにほほえましかった。彼がベランダに無造作に並べた大小さまざまな器（灰皿やら鉢受けトレーやら）の中から、鳥たちは自分の体の大きさに合ったものを選んで水浴びをするのだ。決まって同じ器に飛び込み、気持ちよさそうにパシャパシャしぶきを飛ばす小鳥たちに、「身の丈に合った暮らしだねえ」などと感心しながら二人で飽かず眺めた。

今年もベランダの餌やりは続けている。

ところが、困ったことになっている。ヒヨドリが一羽で餌場を独占してしまうのだ。メジロもシジュウカラも、パンに近づくとヒヨドリに追い払われてしまう。スズメも、ほかのヒヨドリも寄せつけない。小鳥たちは次第に姿を消した。

キジバトだけは時々やってくる。すると、戦いが起こる。ズン、と硝子戸《ガラス》に鈍い音がして振り向くと、柵の上のヒヨドリと、皿の中のキジバトが睨み合っている。ヒヨドリは体を小刻みに震わせ威嚇、一方キジバトは鳩胸をさらに突き出し、翼を半開にして誇示。羽毛が数枚、フワフワ舞っている。結局、この勝負は大きさが勝利、ヒヨドリは飛び去る。が、また繰り返すのだ。

この敗者、毎朝私が餌場に行くや否やサーッと飛んできて、すぐそばで待っている。ならば言ってやろうと、パンをそっちへ放りながら、

「みんな仲良く、争いはやめて平和に！」

と諭した。円《つぶ》らな目が私を見つめ、小首を傾《かし》げる。そうか、争う生き物の最たるものは我々人類か、と急に恥ずかしくなった。

このヒヨドリ、私と同じ独り者なのだろうか。よく見たら、なんとなくさびしげな顔だった。

あの世のチカラ？

夕飯を食べながらテレビを見ていたら、突然画面が消えた。停電でもないのに電源が切れ、どこをいじっても応答なし。翌日は点いた！　と喜んでいたら、三十分後にプッツリ。次の日も点いたが十分ほどで切れ、ついに四日目からはアウト。彼がボーナスをはたいて買った大画面のテレビは、静寂の中でわびしく食事する初老女を映すだけ。

原因は？　そう言えば、裏山の木が繁茂していたから、ケーブル線に引っかかっているのかも。いや、近所の電話線工事の影響か。機械音痴の頭で懸命に考える。なんにせよ、修理依頼しかないと諦めた日、なんと、直っているではないか！　これは…彼だ！　あの日の女将《おかみ》の話が甦《よみがえ》った。

信州上山田温泉、亀清《かめせい》旅館。私たちの馴染みの宿。彼はこの旅館のお風呂と働く人たちが大好きだった。

亡くなったあとの、最初の彼の誕生日、報告と挨拶を兼ね、私はここに投宿した。

女将たちとしばし思い出話をしてから温泉へ。浴室の戸を開けると……暗い。突然、そこだけ停電になっていた。脱衣所には、東南アジア系の娘が四、五人、言葉少なに身づくろいしている。

「男湯も客室も電気は点いているのに、どうしたことかしら……」

困惑し、詫《わ》びる女将に冗談を返した。

「彼が女湯に入りにきたんですよ。ほら、ちょうど外国の美女集団も入浴中だから、うれしくて。暗い方が都合がいいんじゃない？」

女将は笑うかと思いきや、

「ああ、それで……」

すっかり納得している。のみならず、

「あの世の人は、電気を自由に操れるんですってね」

さらりと宣《のたも》うた。

昔だったら、笑い飛ばしていただろうこの話、本気で信じたくなる自分がちょっぴり哀しかった。

莫大な遺産

遺品整理が進まない。買い物のメモ一枚にも懐かしさが溢れ、着古した服に体温を感じてしまう。そんな話をどこかで耳にしたことがあるけれど、本当にその通りだ。まして私の場合、この家で彼と暮らした時間が少ないから、はじめて開ける引き出しや棚も多い。緊張しながら中を覗き、彼の過去と対面していると、あっという間に時が経ってしまう。

大きなものはなんだろう、と家の中を見渡す。最も場所を占めているのは彼の絵。約二百点の作品は額装が済み、次の出番を待っている。これでいい。

次に大きなものは？　本棚と押し入れに並ぶビデオやＤＶＤだった。ほとんどが映画だろうと思い調べてみると、もちろん映画も多いが、ドキュメンタリー映像も相当な数だった。特に、先の大戦の記録。購入品と自分で録画したものを合わせると二千時間!?　彼はあの戦争のすべてを知りたがっていた。

戦争なんて遠い昔のこと。若い頃はそう思っていたのに、年を取ったらつい最近のことのように感じる。不思議だ。子どもの頃広かった公園が、今見ると狭いのと似ている。

かつて池袋の駅前、白衣で首《こうべ》を垂れる傷痍軍人は別世界の人で、足早にその前を通り過ぎたものだったが、今、同じ駅の雑踏では老人にばかり目が行き、あの人も戦場へ行ったのだろうか、あの人も空襲を体験したのだろうか、地獄を見たのだろうかと胸が締めつけられる。彼の薫陶の賜物かもしれない。

「あの戦争は、知られていない真実がまだまだあるからな」

「日本人はなんでもすぐ忘れちまうけど、それじゃ本当の未来は見えないよ。俺はしつこいんだ」

「まずは知らなきゃはじまらないだろ」

彼の信念が蒐集した大量の映像。

生命保険には入らず。株や国債、一切買わず。貴金属もブランド品も持たなかった彼が遺した莫大な遺産。襟を正して受け取ろう。

香りは記憶の扉を開ける

もう大丈夫、と思っていた。彼の死から二年、私は笑うことができるようになった。歌だって歌える。乗り越えたんだ。意外に早かったね、と荒波のような歳月を振り返る余裕すらあった。そして、それが少しさびしくもあった。

あの日は、友人が愛犬を連れて泊まりにきた。自然の残る、この家の周辺をみんなでたっぷり散歩、いい汗をかく。今夜は大いに飲もうね、と上機嫌で友人に風呂を勧め、宴の準備にかかった。私も犬を飼おうかな、などと考えながら。

しばらくして、彼女と交替で浴室に入った途端だった。突然、懐かしさと悲しさに胸が締めつけられ、私は泣き出していた。それも子どものようにわんわん声をあげて……。なにがなんだか、一瞬自分でもわからなかった。

原因は石鹸の香り。浴室を満たす湯気の中のハーブ石鹸の香りが、あの日の記憶を瞬時に甦《よみがえ》らせたのだ。

「おーい」

湯船で温まった彼が私を呼ぶ。

バタバタと廊下を走って浴室に入る私。浴室には日差しが注ぎ、湯気が踊っている。

滑らぬよう、転ばぬよう、息を合わせてイスに移動し、体を洗う。彼の愛用のハーブ石鹸で。

長い入院で皺《しわ》み、心もとないほど細く柔らかな二の腕。長年、剣道で鍛えた分厚い胸、私のあらゆる感情を易々と受けとめた逞《たくま》しい胸も、容赦なく弛《たる》んで骨が触れる。

「やせたろ?」

決まって彼は訊ねた。

真っすぐな質問に戸惑い、まともに答えることができずに、私はいつも、ただ洗い続けた。

「サンッ、キュー」

いつの頃からかよく使うようになった、照れ混じりの合図があるまで。

悲しみをはらみながらも、入浴は二人にとって小さな幸せの時間だった。

風呂から上がっても、鮮明な記憶の余韻に、涙がこみあげてはこぼれた。

しゃくりあげる私に、友人はだまって寄り添ってくれた。その横で、犬も心配そうにじっと私を見上げていた。

私はこの家で風呂を使うことはめったになかった。いくら彼に勧められても、いつものお風呂の方が落ち着くから、と言って。それは彼がいなくなってからも変わらない。だからあの晩は、本当に久しぶりにあの石鹸の香りと再会したのだった。

写真や手紙、一緒に聴いた音楽……。愛する人の記憶を甦らせるものは色々あるが、香りほど感情を揺さぶるものはないように思う。

石鹸の香りは晩年の彼を運んできてくれた。この肩にもたれた身体の重み、濡れた肌の温かさまでも。

香りよ、またひょいと連れてきておくれ、たくさんのあの人を。

鎮魂の海

「被災地に行こう」

私の休みを待っていたかのように彼が言った。二〇一一年夏。

被災地を訪ねることは慎むべき、という声もある中、行くことこそ励ましだ、と彼は言った。気仙沼大島の休暇村に電話をしてみると、

「やってます！　きてください！」

大歓迎の声に、胸の奥にあった小さな迷いは吹き飛んだ。

海に向かう道は、救援車両ばかりが行き交う。微かに潮の匂いがした頃、車窓の景色が一変した。なぎ倒された電柱や家々、テレビで映し出された光景が目の前にあった。

打ち上げられた船や寸断された道路の中に、ようやくフェリー乗り場を見つける。焼け焦げた両岸の間を進む船の中は静まり返り、会話をすることもためらわれた。

高台の宿は活気があった。夕食では、同宿の被災者の方が魚を分けてくれる。「食料がないから、さっき釣ってきたんだ」と。そして、あの日のことを訥々《とつとつ》と語ってくれた。描く、と彼は決めた。

翌朝、陥没した道路を何度も迂回し、小田ノ浜に出る。逃げ遅れ、波にのまれた人も多かったというその浜は、遠くで瓦礫《がれき》を片づける重機の音が休みなく響いていた。

イーゼルを立てる。いつもなら待ちかねたように走り出す絵筆が、この日はしばらく動かなかった。そこここにいる魂たちに呼びかけていたのだろうか。

潮を被った松林の下で描いた穏やかな海。その色は哀しく青い。魂たちを包み込む祈りに満ちて。

拝啓　山田洋次様

元日、待ちわびた『男はつらいよ・お帰り寅さん』を観ました。若い頃はなぜだか恥ずかしくてタイトルを口にできず、チケット購入でいつも四苦八苦。でも、今回はスラリ、言えました。

早朝のせいか、客足はまばら。人いきれの中、立ち見した昔を思い出します。あの頃は酔客の「ヨッ、寅!」なんて掛け声も飛んだりして。まあでも、おかげで人目を気にせず、思う存分泣くことができました。

懐かしい人たちに逢えました。今は亡き人、スタッフも含め、みんなみんなスクリーンの中にいるのが私には見えました。そして昔どおり、人が人を思いやる姿、誠実に生きる姿、冬のお日様のような温かさに溢れていました。人間らしい愛に……。

特に満男と泉の空港での別れが印象的です。時間も立場もふわりと超える二人の愛の瞬間が美しい。美しいとなぜ涙が出るのでしょう。

実は今回、亡夫《おっと》も一緒でした。ずっと懐《ふところ》に抱いていました。全作を何遍も何編も観て、ロケ地も旅した大の寅さんファン。なにより、自由奔放で世間などお構いなし。けれど、痛む者にはとことんやさしい。そう、寅さんそっくりな人だったんです。

弔辞　父ちゃん！

いくたびも向き換えながら草の上蝸牛《かたつむり》は辿るわれの足跡《そくせき》　新平（父）

春を待ち望みながら逝った父の、三度目の命日が巡ってくる。

無口だが、歴史や文学の話題になると目を輝かせ、滔々《とうとう》と講釈する一面もあった。幼い頃、厠に隠れて本を読んでは養父に見つかって叱られたとか。そんな父が、口八丁の母と豆腐屋稼業で私を育ててくれた。年上の母に〝バカ正直〟と詰《なじ》られながら、ただ黙々と働く父。思春期以来、私はそんな父から目を背け、次第に言葉を交わすこともなくなっていった。

冷雨の通夜。「歩けないから俺は行かないよ」と彼は言っていた。自分の体調のことは詳しく人に話さない彼だが、その頃の足の悪化は傍目にも明らかだった。全身にむくみも出ていた。そんな彼が、友人の肩にもたれてよろめくように斎場にやってきた。

冠婚葬祭とはとうの昔に縁を切った彼。長い年月、袖を通さなかった喪服は、むくんだ身体を窮屈そうに包み、雨粒をのせて光っていた。すでにはじまっていた宴席を避け、父の棺のすぐ脇にドサリと腰をおろした彼は、ハァハァと肩で息を継いだ。しばらくして客が退けると、ゴソゴソとポケットから封筒を取り出す。弔辞だった。

「父ちゃん！」

声を大にしてはじまった言葉は、父がどんなに美しい心の持ち主か、世俗に汚れぬことがいかに尊いか、そして芸術（文学）を志すことが人としてどんなに崇高なことかを訴えていた。

私の分まで父を愛し、敬い、理解してくれた彼。誰憚ることなく、「父ちゃん！」と呼ぶ声が、今も耳に残る。

コロナと恋

春です。

庭の桜が満開の花を静かに散らしています。その中をメジロやヒヨドリが蜜を求めて飛び交っています。鶯はすっかり歌が上達しました。よくあなたが口笛で応え、鳴き交わしていましたね。

青い空には綿菓子のような雲。あなたの愛した真っ白な雲が、光をまとってゆっくり滑っていきます。あなたが見たら、描きたくてたまらず、大急ぎで絵具と画布《キャンバス》を車に積み込み「行こう！」と、私を誘うことでしょう。

今は……ああ、もしかしたら、あの雲はあなたが空の上で描いているのでしょうか。感動のまま勢いよく絵筆を動かす音が聞こえるようです。

この美しい春に、人類は新たな感染症と闘っています。一緒に旅したイタリア北部の惨状、日本も医療崩壊寸前……。あなたの晩年の入院やＩＣＵの日々が重なり、凍りつく思いです。なのに、なおも出歩く若者。憤りを覚えます。

でも、もし若者たちが恋をしていたら？　それも人目を忍ぶ恋、道ならぬ恋なら、「家庭で自粛《ステイホーム》」は耐え難い苦しみです。

一緒に生きていこうと決心した、あの分水嶺からちょうど二七年目の春。あなたに会いたい。

真実を求め続けたあなたが、この世相からなにをえぐり出すのか、私は知りたい。

脱皮

「この一瞬の空気を描きたい！」

そう言って、彼はいつも地べたに座り込んで絵を描いた。

風景の一部になって黙々と描く彼の周りには、様々な生き物が寄ってきた。蝶や蜂、蜘蛛、名も知らぬ虫たち。絵具の匂いに魅かれるらしい。どこからきたやら、鶏が絵具を突《つつ》くことも。彼は気にしない。みんな自然なのだからと。

そんな彼にも、苦手なものがあった。それは蛇。「あれだけは勘弁。パクッて食いつかれそうで……」。私も然り。

ところが、その蛇が毎春、この家の周辺で脱皮しているのだ。あの年はベランダだった。半透明のビニール紐《ひも》のようなものが、格子状の柵にからまってカサカサ風に揺れていた。朝、掃除しながら「なんだろう？」と近づいてみると、紐には細かなうろこ模様が。思わず飛び退《の》いた。

怖くてそのまま片付けられずに放っていたら、訪問看護にきたT女史が「私、もらっていく!」。嬉々として柵から外し、首にかけた。ゆうに一メートルを超す抜け殻は想像以上に丈夫で、T女史がグルグル首に巻いたり、引っ張ったりしてもこわれない。幼い息子へのお土産にするらしい。

その晩、彼は「俺も腰の手術をすれば脱皮できるかなあ」と、ぽつり。苦手な蛇にもあやかりたいと願う心境。めったに愚痴は言わない彼のひと言だけに、胸が痛んだ。

人恋う梅酒

梅雨《つゆ》。いつもの散歩道に、黄色く熟した梅の実がころがって、甘い香りを放っているのを見つけ、梅酒のことを思い出す。

その昔、私が格好をつけて「梅酒は手づくりが一番ね」と言うと、以来、彼も梅酒づくりをはじめた。

スーパーマーケットで買った大粒の梅、別荘の庭に実った不ぞろいの梅。器用な彼は年々手馴れ、せっせと漬ける。なまけ者の私は、いつの間にやら彼におまかせ。猿のように木登りして収穫だけは楽しんで。

大きな漬物瓶《びん》はどんどん増えていった。彼は酒が飲めない。酒好きの私のために漬けてくれていたのだが、実は甘い梅酒はちょっと苦手なのだった。

彼が逝って、納戸《なんど》には八本もの梅酒の瓶が遺された。瓶のふたにはテープが貼られ、きちんと日付が書かれている。彼らしい、のびやかな文字。一番古いのは「二〇一〇（平成二二年）つける」。その下に記念の自署《サイン》まである。

ああ、十年目の梅酒……。グラスを用意し、そうっと注《つ》いだ。琥珀色の艶やかな液体は、十分に熟成して出番を待っていたかのよう。

彼が敬愛した高村光太郎の詩を想う。智恵子の遺した十年前の梅酒を味わう詩。「しづかにしづかに」飲みながら、智恵さん、と胸つまらせた光太郎。

茨木のり子さんの詩を想う。最愛の夫のために自身が漬けた梅酒は、夫の死後「見るのも厭で」ほったらかし。十年が過ぎ、亡夫の誕生日にようやく口にし、味わったのは「十年間の哀しみの濃さ」。

身に余る愛をもらうだけもらって、ろくな恩返しもしなかった私が、彼の丹精した梅酒を飲む。十年の歳月を味わいながら泣くことだけは一丁前。二人の詩人も彼も、さぞや呆れていることだろう。

後悔も恋慕もとろりと溶かした甘酸っぱい梅が体中に満ちていく。

空のあなたへ

あなたが旅立ってから、三度目の八月が巡ってきました。微かに油絵具の匂いが残るアトリエで、あなたの絵に囲まれて、手紙を書いています。賑やかな蝉の声、そちらにも届いていますか。

あまりにも突然のお別れでしたね。あなたが眠り続けた一か月の間、私は後悔で胸が張り裂けそうでした。私に「心の底から人を信じられる安心感」と「明日がくる喜び」を教えてくれた、命の恩人ともいうべきあなたに、ありがとうのひと言も言えなかったのですから。なぜあのとき言わなかったのか、なぜ何度でも言わなかったのか、自分を責めました。

でも、あなたが煙になった日、夕陽が私に語りかけたのです。真っすぐで、とてつもなく強く眩しい光の束でした。あなたの生き方そのままのような。あの光は、あなたの挨拶だったのですね？　「俺は精いっぱい生きた！」、そして、「お前も強く生きろ」と、私を抱いてくれました。

あれから幾度かあなたと話しましたね。あなたに会いたくて、一緒に旅した場所を訪ねる私を、あなたは待っていてくれた……。北風がビュービュー吹く山の頂。あなたを呼ぶと、一瞬、ぴたりと風がやんで、暖かい空気が私を包んだ……。

故郷近くの温泉。湯上りのあなたが休憩処で肘枕して私を待っていた姿を思い出し、急に涙が。慌てて車に駆け込むと驟雨《しゅうう》。空も一緒に泣いてくれました。そして虹。フロントガラスいっぱい、それも二重の……。

懐かしい二人の別荘。夜中にふと目覚めたら、真っ暗な庭を舞う蛍の群れ。驚いて眺めていると、スーッと寄ってきて欄干《らんかん》にとまった一匹……。

あれはみんな、あなたですね？ あなたが私を励ましてくれたのですね？

そんなふうに、生きる者を力づけようとするたくさんの魂たちの祈りが、自然の中には満ちている。だからこんなに美しくて、心が震えるのでしょう。

ようやく私は気づきました。

「自然はすべてを教えてくれる。そこには神がいる。よく見てごらん」

あなたの口癖が、今、胸に響いています。

自然を愛し、描き続けたあなた。小さな虫たちの這う地べたにぺったりと座り、夢中で絵筆を動かしていたあなた。その隣りで過ごした、静かで穏やかな時間。本当に幸せでした。

あなたにまた会う日のために、私は心を研ぎ澄ましていたいと思います。あなたの声を聞き逃さぬように。そしていつの日か、また二人で美しい自然を眺めましょう。宇宙の風に吹かれながら、永遠に一緒に……。

愛の真実 ――『夜と霧』――

コロナ禍での自粛生活が続く。もう四か月以上になるので、人々は窒息しかかり、もとの生活を求めてあえいでいる。

私も人並みに息苦しさを感じている。旅をしたい。見知らぬ土地を歩き、海を眺め、清々しい山の風に吹かれたい。

そう思ったあとで、はたと気づく。私はもう、楽しい旅などできないんだと。コロナのせいではない。一緒に旅をするあの人がいないからだ。考えてみると、あの人が逝ってしまった三年前から、私の世界はどこにも通じる穴のない、堂々巡りのカプセルみたいなもの。なにを見ても、なにを感じても一人きり。もとの生活は二度と戻らないのだ。

せめて、あの人の心に触れたいと、本棚をあけてみる。背表紙を追うだけで〝カプセル〟の天井が高くなっていくようだ。『夜と霧・新版』（ヴィクトール・E・フランクル著　池田香代子訳）、ずっと読みたかった本を見つけた。

泣きながら読むということは何度も経験したが、嗚咽で苦しくて、読むのを中断しなければならないというのははじめてだった。それも何度も。それほどに強く打ちのめされ、教えられ、確信を与えられた。

人としての尊厳をことごとく奪われた強制収容所のおぞましい世界。飢えと病でばたばたと仲間が倒れ、死んでいく。高圧電流が流れる鉄条鋼に走り、自殺する。それでも強制労働は続く。家畜以下の扱いを受けながら。当然、みな心も病んでいく。どんなにむごたらしい光景を見てもなにも感じない。心が麻痺してしまう。

だが、そんな凄惨な状況の中、「ほんのひとにぎり」の人びとが、精神にさほどダメージを受けずにいられたという。それは意外にも「感受性の強い人びと」だった。もともと精神的な生活をいとなんでいたその人びとは、繊細な精神の力（想像力）で心の自由、豊かな内面へ立ちもどり、おぞましい現実の世界から遠ざかることができたからなのだ。

フランクルは、この「精神の力」で愛の真実を発見する。

極寒の夜明け前、「骨に皮をかぶっただけの収容者」たちの行進。雪と氷に足を取られ、こけつまろびつ黙々と何キロもの道を進みながら、「ひとりひとりが伴侶に思いを馳せている」。そして、分厚い黒雲《くろくも》の向こうに朝焼けがはじまった瞬間、フランクルの心に妻の面影がいきいきと浮かぶ。妻と語り、妻が答え、微笑《ほほえ》む。妻は「わたし」をまなざしでうながし、励ます。昇ってきた太陽より明るく……。そのとき、「愛は人が人として到達できる究極にして最高のものだ、という真実」が「わたし」を貫く。人間が、詩や思想や信仰をつうじて表そうとした究極はこのことだった。「愛により、愛のなかへと救われること！　人は、この世にもはやなにも残されていなくても、心の奥底で愛する人の面影に思いをこらせば、ほんのいっときにせよ至福の境地になれる」。「わたし」は、はっきりと理解する。

想像を絶する強制収容所の生活の中でフランクルが会得した真実。わかる、などと言ったら傲慢だと叱られそうだが、それでもやはり真実はそこにあったのだと、しゃくりあげながら肯《うなず》いている。愛は人を強くする。もうこの世にいない人であっても、心に思いおこすことができる……！

そうだ。あの人が逝ったあと、私は以前よりもっと近く、ずっとあの人を感じている。不思議なことだが、前よりもっと愛している。心から信じ合えた真実の愛が今も私を支え、励まし続けてくれるのを確かに感じる。

フランクルはこうも記している。「たまに芸術や自然に接すること」は、実に強烈な経験で、「しんそこ恐怖すべき状況を忘れさせてあまりあるほど圧倒的だった」。

例えば、護送車の鉄格子の隙間から、夕焼けに照り映えるザルツブルグの山並みを見てうっとりした、と。自分が今置かれているひどい状況、これから護送車が向かうさらにひどい死の淵……、それすら忘れさせる自然や芸術の力、美というものの神秘。

私にはあの人が遺した芸術がある。魂を込めて描いた風景画たち。その自然は、今も私が語りかけるたびに様々な形で美しいメッセージを届けてくれる。私はいつでも好きなだけ芸術に触れ、自然を眺め、そしてあの人を思うことができる。なんて幸福なのだろう。なんて自由なんだろう！

そう思いながら、ふっとどこかからさびしさがしのび寄ってくる。この思いを、読後の感動を、あの人と話したい……。「人生の目的は愛を知ることだ」

といつも言っていたあの人。自然への愛、人間への愛の深さをいつも見せてくれたあの人と、もう一度語り合いたい。やっとここまできた私に、あの人はどんな言葉をかけてくれるだろうか。「精神」の未熟な私がここにいる。

冬の夕暮れ

師走の東北道
車窓は残照
地球の骨組みが投影され
人を拒絶する
うっかり窓を開けたら
待ち受ける闇に　引きずり込まれそう

けれど隣にあなたがいる
何も怖れなくていい
奈落の底も極楽気分
その安心を伝えたくて
「冬の夕暮れが一番好き」と呟いた

あなたは忽ち色めき立って
ハンドル握りしめ　声を張る
夕暮れを描き続けた画家として
冬の色彩についてひとしきり
それから
二人の邂逅の妙を　沁みじみと

喜怒哀楽
心動くことが　ぴたり一致の私たち
一つの種から芽生えたのか
話せば話すほど根っこが同じ
価値観細胞のＤＮＡは　瓜二つ

手放しで信じられる人のある安らかさは

白身《しろみ》に抱かれる卵黄《きみ》のよう
すべてが肯《うべな》われる幸福の宇宙
はじめて知った
明日がくる喜び

二十三年も後れて芽を出した私を
あなたは慈しみ守る
野分から
猛暑の日射しから
父であり兄　友であり夫
或いは　己の分身だったのか

そうして奇しくも二十三年の歳月
突然あなたは　ポキンと折れた

けれど
なにを悲しむことがある
何億年の時の流れ
無数の星のその中で
出逢えた真実は変わらない
愛の記憶は
消えるどころか
日一日と
膨らみつづけているのだから

ああ
それでも時々
一片の媚びもない　この美しい空が
耐え難くなるのを
どうしたものだろう

貧しさの行方

遺品を整理していたら、色褪せた小さなスケッチブックが出てきた。隅に記名がある。

「群馬縣立中之條高校　L三A　猪熊昇」

表紙をめくると、青いインクで「修学旅行追憶記」。その下に小さく「昭和三十年四月九日十日十一日十二日十三日十四日六日間なり」。続いて米粒大の文字が十二ページにわたり、隙間なくびっしり列なっている。

床に腰を下ろし、眼鏡をかけて拾い読みしてみた。

「第一日目　五時頃から目が覚めた。朝の空気はすがすがしく、小鳥が我を呼びさます様に囀っている。……（胸の高鳴りが）人の耳にも聞こえるかの如く……。」文語調の言葉に時代の差を感じたが、どうやら旅行の緊張のためらしく、次第に普通の文体になっている。

弁当の量がすごい。「母が御すし十八を二つに分けて九つずつ」ヘギに包み、さらに「少々酢を入れておむすびを五つ作ってくれた。」晩飯と二日目の朝食とのこと。やっぱり時代の差はあった。

「並々ならず念には念を入れて調べた」ボストンの中身も逐一書いてある。

「サンスター歯ブラシ」に思わずクスリ。

次のページは文字が一段と小さくひしめき合っている。が、まだ列車内。三ページ目の半ばでようやく最初の見学地、伊勢神宮の文字が見える。

彼は、特別な六日間の一挙手一投足、目にしたもの、そのとき感じたことすべてを留めておこうとしていた。友人との会話、土産物、ガイドさんの表情や、すれ違った女生徒の印象。それから、雲や雨、風の感触まで。

後半のページには、まどろむ友人の横顔と、宿の詳細な間取り図。旅の興奮に酔う、高校三年生の彼を想像していたら、いつか聞いた小学校時代の話を思い出した。

小学校六年生のときのこと。明日は修学旅行だというのに、両親は夕方になっても帰ってこない。当時、山の開墾をしていた両親は、夜、現場の作業小屋に泊まり込み、帰宅しないこともあった。兄姉だけで過ごす夜も珍しくなく、末っ子の彼もだいぶ慣れてきていた。だが、お金は親からもらうしかない。修学旅行代をまだ払っていなかった。

意を決し、彼は一人で山に向かった。作業小屋まで、子どもの足では片道二時間近くかかる。途中、すっかり暗くなった山の中を歩いているときの心細さといったら……。映画『無法松の一生』の松五郎が子どもの頃を回想するシーンにそっくりだったという。継母に叱られた松五郎は、父が恋しくなり、四里も離れた山の仕事場までたった一人で歩いていく。日が沈むと周囲の風景が、幼い松五郎の不安に拍車をかける。

「暗くなると、木がお化けに見えるんだよ。目の前で揺れて。この通りなんだ、怖かったなあ」

映画を観ると、必ずこの場面をコマ送りにして力説していた。

それでも昇少年は歩き続けた。修学旅行代をもらうために。

ようやく両親のいる小屋に着き、事情を話すと、

「金《かね》はない」

ひと言だった。

父に会えた松五郎は、安堵から「わんこらわんこら」泣き、疲れて眠ってしまう。昇少年は、落胆のあまり涙も出なかった。そして、長く暗い道をまた一人で歩いて帰った。親を恨んだり、友達を妬《ねた》んだりする気持ちは不思議と起こらなかったという。ただ、「貧しいからあきらめる」という切なさだけが心に刻みつけられた。

「考えてみりゃ、靴も買えないほど貧乏だったんだから、旅行どころじゃないよな」

よくそう言って笑った。

彼は徹底して権力を嫌い、貧しい者、弱い者に寄り添うという信念を貫いた人だった。

「ただし、どんなに嫌いなヤツでも〝排除〟はダメだ」

そう付け加えて。彼の信念の原点はこの切ない経験にあったのかもしれない。幼い日に味わった貧しさは、やがて旅の歓びという花を咲かせ、さらに歳月を経て、彼の精神の太い根幹を形づくったに違いない。

暮坂《くれさか》峠と十月二十日

十月二十日は彼の誕生日。

「毎年、俺の誕生日から先は、パーッと晴れの日が続くんだ」

まるで天の申し子であるかのように、得意気に話していた彼を思い出す。実際、この日を境に秋雨前線は消滅し、週間天気予報は晴れマークがずらりと並ぶ。気候変動のせいか、今年はそれが一週間遅れたが、十月二十日は彼に似つかわしい、見事な晴天だった。

高く澄んだ空を眺めていると、旅に出たくなる。絵を描きたくて、彼が誘っているのかもしれない。写真立ての彼を車の助手席に乗せ、普段はしない指輪をはめる。これでいい。場合によってはフィルムケースに遺骨を一片入れて持っていくこともある。どんなところでも二人一緒に行動できるように。こんな形の誕生記念の旅も、もう四回目になる。コロナ禍だから、今年は日帰りに決めた。

目的地は群馬県吾妻郡の暮坂峠。彼の故郷にほど近い。知り合ってまだ日も浅い頃、彼が案内してくれた場所だ。二十五年前の春のこと。旅を愛した若山牧水がここを歩き、『枯野の旅』を詠んだことで知られる。彼は学生時代、その足跡を辿って歩いた。

「紅葉がそりゃあ、すばらしいんだよ。だけど長い道のりだったなあ」

いつか二人で紅葉の中、その道のりを歩きたいという願いは実現しなかった。名もさびしい、暮坂峠。心の奥にずっと大切にしまっていた場所。

行き方を地図で調べる。時代遅れの私は、カーナビを装着していない。虫眼鏡でのぞくと、ああ、あるある。金島《かなしま》、祖母島《うばしま》、郷原《ごうばら》……。彼がよく口にしていた懐かしい地名。早くも胸がいっぱいになり、思い出の中へ吸い込まれていく。さあ、行こう。

関越道の下りは、平日だというのに車が多かった。ＧｏＴｏとやらの影響らしい。が、渋川インターを降り、伊香保方面の道と分かれると、案の定、車はめっきり減った。と喜んでいたら、どこで旧道をはずれてしまったのか、知らぬ間にバイパスを走っている。

いつできたのだろう、吾妻川右岸の立派なバイパスは、ひたすらまっすぐ延びている。たしかこの辺は対岸の道や町、その向こうに赤城の山が見えたはず……。だが、走るための道はガードで囲われ、景色はほとんど見えない。どこまでも続く一本道を、意に反し、速度を上げて走る。彼がはじめて教壇に立った金島の学校も、れんげの花が一面に咲いていた祖母島の田んぼも、いつの間にやら通過。ましてその昔、私がバッグを置き忘れて大騒ぎした、酒屋の店先の電話ボックスなど、探しようもなかった。

ようやくバイパスを降りると、見覚えのある商店街に出た。原町《はらまち》だった。岩櫃城《いわびつじょう》温泉が町を見下ろしている。信号の角に焼き饅頭屋を見つけ、二本買った。車の中で、助手席の彼と話しながら熱々の甘味噌と麹の味を堪能し、気を取り直す。

ここからは国道145号線、何度となく一緒に走った懐かしい道だ。ぴたりと並走する吾妻川と吾妻線。古くからの人々の暮らしが感じられる。郷原の駅から前橋の大学まで、汽車で通ったという彼の思い出話は楽しかった。郷原駅までの渓谷沿いの小道を歩きながら眺めた四季折々の風景。カーブで速度を落とした汽車から飛び降り、線路の上を歩いたこと。煙を吐く汽車がトンネルを潜ったあとの煤まみれの顔……。

右手に注連縄《しめなわ》で守られた大杉の株が見えた。鳥頭《とっとう》神社だ。道の左、神社の真向かいは彼の生家である。今回はそちらへの挨拶は失礼して、神社に立ち寄る。

「この狛犬は親父が彫ったんだ。型で流し込んだりしたんじゃない、ちゃんと手彫りだぞ」

と教えられたこの神社は、境内に神楽殿があり、彼はここで受験勉強をしたという。狭い家の中の喧騒から逃れ、静かな境内に建つ四角い舞台の上、りんご箱の机に向かって。

「あの時は自分の人生を切り拓くんだ、とホントに必死だったよ。八人兄姉の末っ子だから、金は兄貴たちが出してくれたんだ。誰も大学なんて行ってないのにな」

蝉時雨の中、人を寄せつけまいと張り詰めた背中が見えたような気がした。神様に、当時のお礼と彼の永眠の報告をし、手を合わせた。境内の杉や銀杏《いちょう》たちも、あの日の彼を見守っていたことだろう。太い幹をそっと撫でた。

145号線は、ロマンチック街道という呼称をもつ。もちろんヨーロッパに倣ったのだが、人真似を嫌う彼が、これは大いに気に入っていた。ロマンチック街道は、吾妻川の流れ、切り立った岸壁を眺めながら続いている。川の流れはかなり速そうだ。

「この川でさんざ泳いだんだ」

子どもたちは、万一流された際には助け合えるよう、上級生からちびっ子まで、皆一緒に泳ぐのが慣わしだったという。草津温泉から流れてくる水は、肌にぺったりとまとわりついた。温泉に含まれる成分らしい。水の中ではそれがつるりと滑る。あがれば全身白い粉。実に厄介だった。

「パンツ？　そんなもの穿かない。あの頃は、普段でも穿いてる奴なんかあんまりいなかったからね。服は汚れないように全部岸に置いといた。みんな素っ裸だよ」

台風のあとは川が増水し、流れも一層速くなったが、そんなときこそ子どもたちは川に入った。流木を捕まえるのだ。木切れが貴重な燃料だった当時、台風のあとは書き入れどきだった。急な水の流れに抗い、流木を手にしたときの充実感。溺れかかり、川に飲み込まれそうになった瞬間の恐怖……。夢中で話す彼を思い出していた。

少し走ると、道幅が広くなり、周囲が不自然に開けている。そうだ、長い抗争を経て、とうとう八ッ場ダムができたんだっけ。末っ子の彼は、父の療養のお供でよく川原湯温泉にきた。そして私たちも、昔ながらのひなびた温泉宿に泊まり、渓谷の遊歩道を散歩した。あの道も、お伽話に出てくるような駅舎も、もうないのか……。のっぺりとした緑色の水面がチラリと見えた途端、胸がしめつけられ、目を逸らした。

突然出現した巨大な建物に驚いていたら、道を曲がり損ねた。土産物や食事処の施設らしい。「整備された道路は前進するにはいいけど、止まったり、Uターンしたりするのは一苦労だね」と隣席に呟く。だいぶ行き過ぎてからようやく引き返し、長野原草津口の駅前へ。しばし地図とにらめっこし、よし、と山道を上る。六合《くに》村に入った。この辺りは少しも変わっていないようだ。

木々の間をくねくねと行く道は、曲がるたびに様々な景色を見せてくれる。小さな田んぼに稲が干されていたり、すぐ目の前が民家の庭先で、菊が色とりどりに咲いていたり。柿が点々と紅く実っているのもいい。アッ、干し柿、先生の大好物だよ！　急いで知らせる。そして、ああこれが道というものだ、と思う。

気がつくと周りの木々が紅葉していた。ところどころ赤や朱色に染まっている。黄色い楓が並んだ道は、灯りがともったようにパッと明るくなる。左前方に大きな山が現れた。草津白根だろう。くっきりと秋空にそびえる雄姿。思わず声をあげる。

県道55号線に入った。「暮坂」や「牧水歌碑」の文字がちらちらと目に飛び込んでくるにつれ、いよいよだと緊張する自分が可笑しい。なんだかあの日の彼に再会するような気がしてしまうのだ。

窓をあけてみる。湿り気を帯びた草や枯葉の匂い。山の空気だ。沢の音が聞こえる。牧水は、この沢で喉を潤したのだろうか。そして彼も。

道沿いに舗装された駐車場があった。ついに到着したのか。ゆっくりと車を降り、案内板を見る。峠はもう少し先、ここではなかった。道の反対側には見覚えのない、おしゃれなレストハウスがあり、背後の丘全体がガーデンとして整備されていた。ずっと上まで遊歩道が延び、展望できそうなので行ってみることに。誰もいない丘を、息を弾ませながら頂上近くまで一気に登る。振り返ると遥か正面、県境の浅間山と向かい合った。手前の山々を従えた堂々たる威容は、たった今幕があいて登場した千両役者のようだ。いつの間にか空には、波のような雲が広がっている。その透き間から漏れる光が、柔らかな布のように浅間の裾野を包んでいる。黄金の光に抱かれ、ぽっかり浮かんで見える山裾の村。キラキラ光っているのは家の屋根か。白い煙は籾殻《もみがら》でも燃やしている？　一筋、まっすぐに立ちのぼり、光に溶けていく。なんて穏やかな風景、まるで桃源郷だ……。そっと指輪を撫でながら、「ここで今すぐ絵を描きたいでしょう」と訊ねてみた。

車に戻ると、麹と味噌の芳醇な香りが鼻孔をくすぐった。

暮坂峠はそこからわずかのところにあった。広場のような駐車場には一台も車がなかった。感傷に浸るにはちょうどいい。車を降り、道を横断する。

森を背景に、牧水の像を肩車したような大きな碑が粛然と立っていた。吸い寄せられるように段を上る。これだ。あの日、彼と見たもの。

枯野の旅

乾きたる
落葉のなかに栗の實を
濕りたる
朽葉がしたに橡の實を
とりどりに
拾ふともなく拾ひもちて
今日の山路を越えて來ぬ

長かりしけふの山路
樂しかりしけふの山路
殘りたる紅葉は照りて
餌に餓うる鷹もぞ啼きし

上野の草津の湯より
澤渡の湯に越ゆる路
名も寂し暮坂峠

心底自然を愛した純粋な牧水の心に打たれる。そして、同じ旅路を歩いた青春時代の彼を想った。

何気なく詩碑の下の解説に目を移し、あっと息を呑んだ。ああ、そうだったのか……。牧水は十月二十日にこの峠を越えたのだ。そしてその日にこの詩を詠んだ。彼が同じ旅を思い立った動機が、今、手に取るようにわかった。学生の彼は強い縁《えにし》を感じ、同じ十月二十日、誕生日にここを越えたに違いない。
詩碑の足もとに、まだ新しそうな歌碑があった。喜志子夫人の歌だった。

碑の上に
刻まれて立つ
旅すがた
生きていまそこに
立つかと思ひし

思わず落涙。牧水詩碑の建立記念に詠んだのだろう、これも十月二十日の作だった。
大正十一年、牧水の歩いた十月二十日の暮坂峠は、落葉した木々の中、散り残った紅葉が目を楽しませた。彼が歩いた昭和三十二、三年頃の十月二十日は紅葉真っ盛り。そして今年、令和二年の暮坂は、まだ紅葉がはじまったばかり。ただ、詩碑の前に立つ一本の楓だけが、ひと足早く全身を染め上げていた。鮮やかな黄色の葉は、これからさらにお色直しをしようというのか、先端がところどころ真っ赤だ。その赤が黄色の地に少しずつ溶けていく階調が、えも言われず美しい。立ち止まり振り返り、目に焼きつけた。

昔、薪の炎と煙の匂いの中で味噌おでんにかぶりついた峠の茶屋は、ガラス張りの小綺麗なカフェに姿を変えていた。彼なら迷わず中に入って、お店の人と昔話に花を咲かせたことだろう。

帰路、すっかり暮れた関越道を走っていると、ふと視線を感じた。見上げると、月が覗きこむように笑っていた。彼だ。

「先生も帰ったんだね」

と笑い返した。

小品と大志

毎月、月初めは絵を掛け替える。まず、彼の遺作を収録した図録を眺め、約二百点の作品から二点を選ぶ。そして、屋根裏の倉庫に潜り込んで、それを探し出す。腰を屈めての捜索は結構きつい。だが、発見した絵を運び出し、箱をあけて飾った瞬間の感動はなんとも言えない。

絵の中から静かに風が吹いて、ひたひたと部屋に満ちていく。さわやかさと厳粛さ、あたたかさとさびしさを綯《な》い交ぜにしたような、不思議な空気に包まれる。あの瞬間が、私はたまらなく好きだ。これが芸術というものの力なのか、無知な私にはわからないけれど。

彼の絵は小品ばかり。大きいもので30号、2〜6号くらいが最も多い。小さいと、10センチ四方なんてものも。すべて油彩による風景画。どんなに小さくても、そこには雄大な自然が広がっている。

小さな絵ばかり描く理由は三つ。第一は、現場で描くから。

「今、この瞬間の生きた空気を描きたい」

口癖のように言っていた彼。

「写真だけ撮って、アトリエで酒をちびちびやりながら描く絵描きもいるけど、それじゃあこの空気は消えてしまうんだ」

ペタリと土に座って筆を持つと、あとは一心不乱。灼熱の太陽が照りつけようが、しんしんと底冷えしようが、描き上がるまでは石のように動かない。飲食はもとより、口をきくこともない。刻々と変化する光や雲に挑み、そこにいる神と対話でもするかのように真剣である。極細の筆で、サインがわりの鳥をスイッと描き入れ、

「終わりっ」

と声がかかるまで、早くて一時間、長ければ三、四時間。だから小品。

第二の理由は競争が嫌いだから。順位をつけたり、賞を競ったりするコンクールは大嫌い。そもそも「人の評価に捉われるような絵は描きたくない」主義。だから、コンクール特有の巨大作品など無縁なのである。何度か出品を勧めてみたこともあったが、全く気持ちは動かなかった。以前、個展に訪れた一人の老女が、故郷を想い出して絵の前で涙を流していた話をし、

「あのバアチャンの涙が俺の勲章。それで十分」

と言って。

考えてみれば、画布《キャンバス》だって自分好みの大きさに切って使うような彼に、規定の多いコンクールは不似合いというもの。

中学校の教員時代も、規則と競争づけの学校のあり方にうんざりしていた。

「くだらない規則で縛りつけた上に、勉強、運動、部活、なんでも競争。人と比べてなんの意味がある！　せめて絵くらい自由にのびのび描かせてやりたい。なのに賞を取るために、生徒に何回も絵を描き直させる教師もいて、俺は腹が立ったよ。あいつは自分の名誉がほしくて生徒を利用してるだけだ」

辛辣、だがその通りだ。私もたくさん見てきた。

三つ目の理由。どんな家にも飾れるように。

「俺の絵なら、小っちゃい家でも飾れるだろ。立派な邸宅の壁に掛けるようなでっかい絵じゃなく、誰でも自分の家に掛けて、いつでも眺められる。絵は、そういう身近なものであるべきだよ。もちろん美術館に見に行くのもいい。でも、出かける元気がないときだってあるだろ。俺はそう思って、小さいけど、そこに『永遠の空間』を描いているんだ。魂を込めて」

ウサギ小屋と形容される日本の小さな家。窓を開けても風景はおろか、木の一本もない庭、隙間もないほど隣接する住宅……。

「これじゃあ精神だって病むよ。自然がどこにも感じられないじゃないか。人間は自然界の生きものなんだぞ」

この国の住環境を心から嘆いていた彼。しかもその家には、夜遅く疲れて帰って、コンビニ弁当を食べて寝るだけ。でも、いや、だからせめて、家の中に絵があったら……。僅かの時間でもいい、毎日、自然を肌で感じられるような絵を眺められたら、人の心は変わる。彼はそう信じていた。壮大な志だ。

今年、生誕二百五十年のベートーヴェンは、それまで貴族のものだった「音楽」を市民のものにするべく、難聴に苦しみながら格闘したという。ベートーヴェンを愛した彼の心が、今、少しわかったような気がする。大音量で交響曲を流しながら、一緒に口ずさんでいた彼。「自分はアウトサイダーかもしれない。バカにする奴もたくさんいる。でも俺は平気。心の中には、過去の偉大な芸術家たちの魂が存在しているから淋しくない」と孤高を貫いた彼。

自殺、いじめ、ひきこもり、過労死……。暗いニュースを耳にするたび、彼はこの社会の歪みを憤り、悲しんだ。批判や洞察、溢れる思いを語り尽したあと、最後によく言った。

「俺の絵を見てくれよ」

その声に、淋しさが全くなかったと言えば嘘になる。無名の芸術家の小さな絵と大きな志。人の心に届く日はくるのだろうか。

二丁目の夕日

実家の母から、母屋《おもや》取壊しの相談を受けた。裏に新居を建てたあともなお、日に一度は必ず母屋に往き来していた母。その足が、四年前の父の死を境にパッタリ止まった。以来、母屋は閉め切ったまま、無用の長物となっていた。

高校の頃から家を出ることばかり考えていた私は、一も二もなく賛成。翌日から、片付けのため実家に通うのが日課となった。傍らに腰かけ、未練そうに見つめる母を尻目に、片端から容赦なく棄てる。布団、服、食器やタオル……。母が嫁入りのときに持たされたものや、慶弔の引き出物。使うのを惜しんで手をつけぬまま、一切合切が時代の汚れを被っていた。自分のアルバムや卒業証書の類も出てきたが、今が好機とばかりに処分する。ほこりまみれで過去の遺物と格闘することひと月半。やっとのことで家の中を空《から》にし、私は役目を終えた。あとは業者におまかせ。のんびりしよう、と解放的な気分に浸った。

ところが、いざ解体工事がはじまると胸がざわめいてしまう。毎日夕方になると実家に足が向かい、現場を眺めた。

一昨日はちょうど半分。家は二段ケーキをカットしたような正確な断面を見せ、観念したように佇《たたず》んでいた。屋根裏からちょろりとはみ出した黒い防水シートだけが、なにやら物言いたげに、五月の夕風をはらんでパタパタ揺れていた。

そして今日。ついに家は跡形もなく消え、足場や囲いも外された。

「広くなりましたね」

通る人が口々に言う。確かにがらんとした。が、私は逆に、「こんなに狭かったのか」と驚いていた。

棄てても棄てても湧くように出てきた荷物。あの膨大な荷物、いやゴミが、たったこれっぽっちの空間に入っていた!? 物だけじゃない。ここで生まれ、ようやく独立して出て行くまでの、私の半生という、長い長い時間の重なり。無邪気な笑いがいつしか不安や苦悩に変わり、山ほどついたため息。自分探しの道中で、いやと言うほど味わった自己嫌悪。母との確執……。そんなごちゃごちゃの感情が、あの家にはぎっしり詰め込まれていた。

父も母も、貧乏暇なしの働きづめ。いつもやりたいことを抑えこんで生きていた。だからだろうか、諍《いさか》いだらけの家の中。怒声、罵声に怯える毎日。見ず知らずのこの地に根を下ろしたのは祖父母。結核や戦争で、次々子どもを亡くした苦労の人生もここにあった……。

重たい気持ちに沈んでいると、

「これがあってよかったね」

裏から母の声がした。壁に掛かる母屋の絵。彼が描いたものだ。背後からキラキラ眩しい夕日を浴び、昭和そのものといった風情。映画『三丁目の夕日』さながら、郷愁《ノスタルジー》に溢れている。我が家は二丁目だから、「二丁目の夕日」だ。〝信濃屋豆腐店〟と書かれた大きな看板の下の店先には、よく見ると客と話す母らしき姿もあり、

「今日もお暑うございましたねえ」

なんて、賑やかな声が聞こえてきそうだ。左に目を移すと、配達用の父の愛車。おんぼろライトバンの車体を大事そうに拭く父の丸い背中を想い出

す。二階は子ども部屋。あの窓から夜中、よく外を眺めたっけ。本当の恋もまだ知らずに……。
おや？　不思議だ。つい先刻《さっき》、消え去った家の前で感じていた気分と全く違う。なんだか軽やかで、ちょっぴり哀しくて、やさしい気持ちになっている。
そうか、と気づく。彼はなぜこの絵を描いたのか。頼まれもしないのに、通行人の多い道端に座り込んで、真夏の逆光に目を細めながら夢中で絵筆を動かして……。いつかきっとこんな日がくる、とわかっていたんだ。そして、そのとき想い出す記憶が、やさしい気持ちを呼び起こすものであるよう、祈りをこめて描いたんだ。私が自分や家族に対し、つい否定的になって愚痴をこぼすと、

「それでも、生きてるってことはすばらしい。ありがたいもんだ。俺はみんなに長生きしてほしいよ」

と言って、ぽん、ぽん、と肩をたたき、励ましてくれた彼が鮮やかに甦った。どんなときも、人生をおおらかに礼讃する彼に、私は幾度救われたことか。

「二丁目の夕日」は、約百年、そこに生きた人の過去をあたたかく包んで、静かな光を湛えている。山ほどあった重苦しい記憶は、その光の中で溶け、浄化され、懐かしさとなって私の胸を満たす。

これからは、家に代わってこの絵が過去を語ってくれる。現実より少し美しい想い出に塗りかえて……。

「ありがとう」

空の彼に呟く。そして、会いたい、と心から思う。

檜《ひのき》の返事

あれ？　確かに一瞬香りがした。清涼な檜の香り。檜風呂の、あのいい匂い。クンクンと確かめてみたが、いくら嗅いでももう匂いはしなかった。

朝の散歩道。小暗い雑木の森を抜けると、高台の畑が広がる。境界の印なのだろう、そこに一本の檜が立っていて、私は毎朝挨拶をしている。この日は、「おはよう」と声をかけたら、ふわっと檜が香ったのだ。まるで返事をするように。胸の奥がポッと温かくなった。

檜が立っている場所は実に眺めがいい。はるか正面には富士山が遮るものもなく望める。手前はたおやかに連なる近隣の山や丘。一八〇度のパノラマだ。なのに檜ときたらひどく不恰好。覆いかぶさる雑木から逃れるように、幹が傾《かし》いでいる。しかもその幹は、手を伸ばせば届きそうな高さでバッサリ伐られている。天に向かうことを禁じられた檜は、懸命に細い枝を横に広げて光を求める。が、これも途中でバッサリ、である。あまりにも哀れな姿に、いつの頃からか私は、声をかけるようになっていた。

「夕べはすごい風だったね。大丈夫？」

「今日も猛暑だって。君はえらいなぁ」

などと言いながら、枝に引っかかった落葉を払う。そして「失礼しますよ」と、被っていた帽子を横枝に乗せ、おもむろに体操をはじめる。

この絶好の体操スポットも散歩ルートも彼が開拓した。昭和四十年代、狭山市で一番眺めのいい場所を、と探し回った末に選んだ笹井の地。圏央道はもとより、人家もほとんどなかった。地主と交渉し土地を購入して、友人の大工さんと一緒に家を建てた。そうして周りの野山をくまなく歩き回り、気に入った場所を見つけては絵具箱を抱えて出かけ、絵を描いた。空と大地と木を、毎日のように。体操スポットはそんな場所の一つだった。

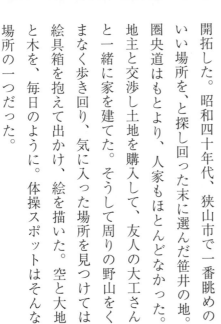

「夕日の美しさに絵筆が震えるほど感動したよ。真っ暗になるまで、何枚も何枚も描いたなぁ」

懐かしそうに若き日を振り返っていた彼を思い出す。

彼の体操は念入りだった。屈伸、ストレッチからはじまって、雑木を相手に鉄砲、さらに「天突き体操」なんてものまでみっちりやった。テレビの健康番組で覚えたようだ。武道で鍛えた不屈の精神は大病を経ても健在で、真似る私の方が音を上げるほど。黙々と身体を動かす彼の額から、ポタポタと音たてて汗がしたたり落ちた。

今思えば、彼は必死で体力を取り戻そうとしていたのだろう。死の淵を覗く大病のあとだからこそ、切実な思いを胸に、身体を動かしていたに違いない。私はただ、また一緒に散歩できるようになったことがうれしくて、この小さな幸せがずっと続きますように、といつも祈っていた。

けれど、予想外の早さで死は訪れた。

ひとりになった私は、夕方散歩をするようになった。朝の光は眩しすぎた。薄暮の中、つば広の帽子を目深に被って外に出る。これなら人とすれ違っても大丈夫、泣いていても気づかれない。彼の足跡、汗のしみ込んだ土、触れた木の肌。彼の気配をさがして、とぼとぼと散歩道を歩いた。体操した場所にしゃがみこみ、「今どこにいるの?」と呼びかけた。雲の色が変化したり、木の葉が風に揺れたりすると、彼からの合図のような気がして涙がこみあげた。

ときが経ち、散歩はいつの間にかまた朝に戻っている。その頃からだろう、檜のことが気になり出したのは。檜はずっと前からそこにいたのに、ずっと私を見ていたのに。人生の伴侶、命の一部をバッサリ伐られ、背を丸め、顔を歪めた私は、どんなに無様で哀れな姿に檜の目に映っていただろう。

そうか。檜と私は似た者同士。そうと知って労《ねぎら》ってくれたのか。また体操をはじめた私を励ましてくれたのか。それがあのさわやかな「檜の返事」だったんだ。

あれきり返事はない。けれど、明日もまた声をかけよう。いつかまた、ふっとこたえてくれるかもしれないから。

朱鷺色《ときいろ》の返事

ふたつの影法師　並んでいた散歩道
ある日ひとつが空へと消えた
残された影ひとつ
しょぼくれ　のそのそ這っていく

影はさがしている
もうひとつの影
あの日の記憶
　足跡の刻まれた土
　汗の染み込んだ草むら
　愛《め》でさすった杉の木肌

一緒に浴びたひぐらしのシャワー

あの日はそのままここにあって
気配は満ち満ちているのに
まるきり知らない星を漂うようで
「どこにいるの」
たまらずぽつり呟いた

雲がかすかに染まる
あなたが　こたえて　くれたんだね

しずかに広がる朱鷺色の返事に
　声あげて
　　影が泣いた

東御よ、私を待ってくれるか

長野県東御《とうみ》市に小さな土地を買った。見晴らしのいい場所で、東南に蓼科山、西には遥かに北アルプスを望む。前の畑道をちょっと歩けば、眼前にドカンと浅間山の雄姿。家を建てたら、居ながらにして山々を眺められる。アルプスに沈む夕日を、毎日窓越しに拝むことができたら、どんなに心慰められるだろう。ここに移住しよう。

そう思いながら、足掛け五年が経ってしまった。はじめの一、二年は高速を飛ばし出かけては、生い茂る草の中に佇んで景色を眺め、未来を想像した。が、次第にその足は遠のいた。

理由はいくつもある。まず、母の介護。御齢九十三、足腰が弱り、家事ができない。毎日実家に通っている。

「お母様も一緒に移住なされば？」

と助言してくださる方もいた。だが、残念ながら、たとえ天地がひっくり返っても、母が賛成することはないだろう。土地を買ったなどとうっかり話そうものなら、怒り出すこと間違いなし。この後に及んで諍《いさか》いは御免だ。

次に、この家の後始末の問題。土地も家屋も彼の名義のままである。苦労して文書にまとめた相続の協議書は、彼の息子がストップしたまま音沙汰なし。空家にすれば、庭木も草も伸び放題。家だってすぐ傷む。近所に迷惑をかけてしまう。

東御の家はどうやってつくればいい？　家を建てた経験がない。相談に乗ってくれる人はいるだろうか。

まだある。昨年来のコロナの流行。首都圏から地方への移動は憚られる。そして私の体調。還暦を迎えて、急に体力が衰えたような気がする。膝が痛い。東御の山々を散歩気分で踏破するんだと、意気込んでいたのが遠い昔のようだ。自分の介護を考える日も近いのではないか。

だいたいこの歳になって、女ひとり、知らない土地で本当に暮らしていけるのだろうか。冬の寒さに耐えられるのか。凍結した山道を運転できるのか。周りの住民と仲良くやれるのか……。考え出すと、不安ばかりが雪だるまのように膨らんでいく。

なぜもっと早く家をつくらなかったのだろう。土地だけ買って、やりきった気になって。昔からそうだ。詰めが甘い、優柔不断。自分に腹が立つ。

いつかあの場所に終《つい》の住処《すみか》をつくる。私を励ましていた一筋の光は、いつの間にか喉に引っかかった小骨のように、ズキズキ疼く悩ましい存在に変わっていた。

そんなときだった。電話が鳴った。土地を買った長野の不動産屋さんだ。

「あの土地、どうするかね？　もしいらなくなったんなら、ひと声かけてね」

ピンときた。

「もしかして、買いたい人がいるんですか？　コロナの影響で、地方の人気が上がってるから」

図星だった。今や、物件が追いつかないほどの需要。特に私の土地は見晴らしがいいので、隣接する土地も併せて購入を希望する人がいるらしい。

脳裏にパッと光景が浮かんだ。働き盛り、人生これからという人が、あの土地で生き生きと暮らす姿。リモートワークの傍ら、家の隣で畑を楽しむ。

近所の人に野菜づくりを教わり、交流が深まる。子どももいる。賑やかな声が響き、地域はどんどん活気づく。「移住支援室」を立ち上げて取り組んできた市の狙い通りだ。

かたや私は、あまりにも対照的。仕事もリタイアしたし、なんの取柄もない。地域貢献どころか、お荷物になりかねない。

身を引こう。そうすれば喜ぶ人がたくさんいる……。ものすごいスピードで思考が駆け巡った。

「じゃあ、お譲りします」

喉まで出かかった。と、そのとき、（待って。今すぐ返事しなくても……）どこかで声がした。

「うーん……」

顔が火照るのがわかった。

「少し考えてみます」

なんとかそれだけ言って、電話を切った。

移住を考えはじめたのは、十年くらい前だろうか。彼も私も自然が大好き

で、暇さえあれば美しい景色を求めて旅をした。海、山、田園風景。名所や観光地より人のいない静かなところを好み、心魅かれると彼は絵を描いた。助手の私は、画材運びを終えると散策。草花や小さな生き物を探す。山菜も採った。なにもせず、彼の横で絵筆の音と鳥の声に耳を傾けているのも、豊かな時間だった。
「いつかこんなところに住みたいね。体が動かなくなっても、窓を開ければ山が見える、絵も描ける。そんな家で人生の最後を過ごしたいね」
「お前が退職したらな。俺はもう、いつだっていいんだから。狭山の家を売って、立派なのをつくろう。俺が設計するから、楽しみにしてろよ」
旅をしながら、移住地を探すようになった。そして、それはいつしか東御市に絞られた。

「ここは空が広いし、光が溢れて色彩が鮮やかだ」

と彼は言った。アルルの地に心弾ませたゴッホみたいだ。私も大賛成。信州の土を耕し、そこに眠る我が先祖の血が、「帰らなん、いざ……」と呼んでいる。何度も何度も通った。道端に車を止めて、畑仕事をしている人に売地を訊ねたり、空家を見つけて役所に問い合わせたりした。

私は五十五歳で早期退職した。そのわずかあと、彼は不帰の客となった。予期せぬ死に、しばらくは呆然と月日を過ごしたはず。では、土地を買ったのはいつだったのだろうと、日記帳を取り出す。全く記憶がないのだ。彼の最期の日が近づくと、ページは余白までびっしりと細かい文字で埋め尽くされている。怖い。鼓動が速くなる。息をひそめ、静かにめくっていく。

驚いた。死からほんの十日後に、私は東御市の移住支援室に電話をかけていた。そしてそのひと月後に現地を見に行っている。購入を決めたのはその日。四十九日の少し前だった。

だんだん思い出す。二人が一緒にいられる場所を一刻も早く見つけたい。

私は必死だった。たとえ魂になっても、いや、魂になったらなおのこと、一緒にいられる場所が必要だ。東御のどこかに、家と、二人が永遠に眠る場所を探さなくては。それが私たちの約束、東御は二人の約束の地なんだ……。

初秋の日差しが燦燦《さんさん》と降り注ぐ日だった。市が管理している空家を見るため、移住支援室の若い二人の女性に案内され、車であちこち巡った。地元民の彼女たちが、

「今日の太陽は特別眩しいね」

と目を細めるほどの光。彼は今、ここにいるんだな、と私には感じられた。

途中、瀟洒《しょうしゃ》なゲストハウスに立ち寄る。経営者の小池さんご夫婦は、東京からの移住者だった。ハウスの中を案内してもらいながら何気なく交わした会話で、なんと同じ大学の出身、共通の友人までいることがわかる。一気に親しみが湧いた。その小池さんが、近くの土地を紹介してくれた。それがあの土地だ。〝導く〟という言葉が胸を去来した。

「ここに決めるよ、いいでしょ？」

そばにいるに違いない彼に呼びかけた。

やっぱりかんたんには諦められない。かといって、どうすればかの地へ移り住むことができるのか。先が見えない。

「どうすればいい？　先生の考えを教えて……」

写真の彼に請う。

願いが通じたのか、朝方、めったに夢に出ない彼が現れた。暖かそうな布団に包《くる》まって、私を見ている。そして、ニコニコ笑いながら掛け布団をめくり、入っておいでと誘った。うれしくて布団に滑り込んだ瞬間、目が覚めた。

夢の意味はわからない。焦らずやれよと慰めてくれたのか。そう言えば「私はのろまで優柔不断」と落胆していると、いつも決まって、

「お前は〝丁寧〟なんだよ。神経が細かいってのは立派なことだぞ」

となだめてくれたっけ。生徒に言い聞かせるみたいだけれど、私の心は安らいだものだ。

その朝、体には、ふわっとした温もりと、懐かしい安心感が、微かに残っていた。

制服のキューピッド

彼とはじめて会ったのは、私が三十二の歳。職場の異動で、H中学校に赴任したら、そこにいた。彼は二年生の学年主任、私は一年生の担任。担当学年が違うと、教員同士の関わりはほとんどない。たまたま彼は、出《で》授業（他学年の教員が受け持つ授業のことをこう言った）で、私の学級《クラス》の美術を担当していたが、多忙を極める中学校現場、互いに言葉を交わすことなど滅多になかった。

私はわずか一年でH中を去った。前々から希望していた県立の障害児学校への異動が急きょ決まったのだ。たった一年での異動は、異例中の異例。ひとえに校長先生のおかげである。職員会議のたびに、ただ一人発言（「発言」ではなく「文句」としか思わない人もいたようだ）しては進行を妨げる私がよほど迷惑だったようで、実に熱心に人事に取り組み、望みを叶えてくれた。人に嫌われるのも、ときにはいいものだと思う反面、中学生との別れには後ろ髪を引かれた。

春休み、職場の片付けを終えた私は、宮城の蔵王山麓を旅した。当時、仕事の区切りとなる春休みは、一人旅をしながら自然を見つめ、一年を振り返るのが私の習慣になっていた。あの年は、どこへ行こうかと考えたとき、ふと彼がなにかの折に話していた、宮城の〝遠刈田温泉《とおがった》〟という珍しい名を思い出した。数少ない会話だったから、余計に耳に残っていたのかもしれない。はじめて自分で運転する車での、東北の旅だった。緊張する私を、途中から大雪が見舞った。軽自動車でノーマルタイヤ、何度も引き返そうかと迷ったが、とうとう無謀にも走り抜いた。

翌日は一転、晴れ渡る真っ青な空に、純白の蔵王の山々。生徒たちと全身全霊でぶつかり、泣いて笑ったたくさんの思い出と重なり、胸に沁みた。

帰ってから、彼に葉書を書こうと思い立つ。遠刈田の感動を伝えたかった。異動の報告と短いH中でのお礼を添え、別れの挨拶をしたためた。すると程なく、彼から電話がきた。

「なんでたった一年で出るんだよ」

「メシ食いに行こう！　明日でいいか？」

こうして、逆にそこから交際がはじまることになったのだ。

要するに、私たちが互いを異性として（あるいは同僚でなく、人間として）認識するようになったのは、私がH中を出てからのこと。在職中は全く意識することもなかった。

ところが、である。思い出すと不思議なこともあった。

私の学級のR子が、ある日、寄ってくるなりこんなことを言った。

「今、国語の時間に先生が読んでくれてる『兎の眼』ってさぁ、小谷先生がみっちゃん（私のことを生徒たちはときどきそう呼んでいた）で、足立先生は猪熊先生だよね！　そっくりだもん！」

『兎の眼』は、毎回授業の最初の五分ほど読み聞かせをしていた本で、生徒たちはとても楽しんでいた。小谷先生は、ちょっと泣き虫な新米の女先生。学級でなかなか心を開いてくれない子どもに手を焼き、自信を失くしながらも懸命に向き合う純粋な心の持ち主。一方、足立先生は経験豊かな男先生。どんな子どもたちの心もがっしり捕まえる。だが少々、いや、かなり素行が悪い上、ずけずけ物を言う。だから管理職や同僚の中には嫌う人もいるのだが、それを気にも留めず、子どもの前でも隠そうとしない。そんな型破りだけど、人間味溢れる足立先生を、小谷先生は次第に信頼し、尊敬し、大切なことを学んでいく。……そして、最後まで本には書かれていないけれど、この二人はいずれきっと、男女としても愛し合うようになるに違いない、と私は勝手に想像していた。

だから、R子の言葉はあまりに唐突だった。自分がそのとき、どんな応答をしたか、全く覚えていない。ろくに会話をしたこともない私たちを、どうしてそんな物語の二人に重ねるのか。第一私はそんなに若くもなければうぶでもない。猪熊先生は似てるかもしれないけれど、足立先生に比べたら、相当年齢《とし》が上なんじゃないだろうか。R子の感覚が不思議で、ただただキョトンとしていたような気がする。

もう一つのできごと。これはあとになって彼から聞いたのだが。ある日、退勤しようとしたら、職員玄関に犬が繋《つな》がれていた。首になにか書かれた札がついている。見ると、「猪熊先生の犬」とあった。

「俺は弱っちゃったよ。全身真っ黒で、雌だろ。もうデッカくなりかかってるし。そばにいた奴ら（教員）はクスクス笑ってるし。しょうがないから、とにかく連れて帰ったよ」

次の日、授業に行く先々で犯人を訊ねた。そしてわかった。

「お前の学級だよ。R子たちだった」

「部活やってたら、グランドに犬が迷い込んできたんです。捨て犬みたいだったからかわいそうで……。猪熊先生なら絶対飼ってくれると思った！」

とR子は屈託のない笑顔で言ったそうだ。

まさか私がこのクロと一緒に全国を旅することになろうとは。

まさか私たちが、物語の二人と同じ絆で結ばれるようになろうとは……。そして、まだあどけなさを残した、純朴な少女R子。初々しい制服に身を包んだ彼女は、キューピッドだったのだろうか。遠刈田の旅も、一枚の葉書も、彼女が計画したことだったのかもしれない。年齢の差も、人の世の常識も無視して、二つの魂を射抜いたキューピッド。その矢は、一方が天に昇ったあともまだ燃え続けている。

弱き者への愛

犬を飼いたい。

「飼うなら保護犬にしろよ」

彼は言っていた。調べてみると、大抵飼い主に条件がつけられている。「六十歳迄」「単身者不可」。おっと、還暦、独居の私はアウトか。交渉次第でセーフになるか。

クロを思い出す。あの制服のキューピッドが彼に託した迷い犬。雑種の中型犬。雌。全身黒いが、あごから胸にかけて一部だけ白い。ツキノワグマみたいに。毛が柔らかく、密生していて、耳の周辺と四肢の付け根は毛足が少し長かった。

夜の散歩（彼は〝運動〟と言った）に時々同行した。犬を繋ぐ行為を好まない彼はリードはつけず、丸めて持ち歩いた。離れて歩いていても、「待て」のひと声でクロはピタリと止まった。万一通行人が見えたときは、「ヒュヒュッ、ヒューッ」と口笛を吹く。クロはどこにいようがすぐさま駆けつけ、座って素直にリードをつける。たまにつける暇がないときもあったが、そんなとき、クロはまるで繋がれているかのようにピッタリ並んで歩いた。心得たものだ。

私もよく口笛で呼ばれた。「犬じゃあるまいし……」と文句を言っていたら、ある日映画を観せられた。イタリア映画『鉄道員』。そして納得。喜んで返事をするようになった。口笛は、男たちが愛する者を呼ぶとき、吹くものだった。

雑木林の小径を上ると、広がる畑は街灯もなく真っ暗。前を歩く彼の白いウインドブレーカーに、くっつくように歩いた。クロはどこにいるのかと思っていると、突然、後方からダダダダッと音がして、弾丸のような猛スピードで脇を走り抜ける物が……。ビックリ仰天する私に、

「闇より黒いんだ。わかる?」

楽しそうに話す彼。目を凝らすと、確かに暗闇の中、みるみる遠ざかる漆黒の塊《かたまり》が見えた。

かなり歩いたあと、小学校のグランドに入る。

「ボール！」

彼が言うと、クロはサーッと隅の植込に姿を消した。バレーボールだったり、サッカーボールだったり、子どもたちがしまい忘れたものが必ずあって、クロはちゃんとそれを探し出すのだった。ほどなくして姿を現したクロは、鼻先でボールを転がしながら、軽快にこっちに向かってくる。運ばれてきたボールを、彼が思い切り蹴る。弧を描いて飛んでいくボールを、クロが全力疾走で追う。追いつくとまた、鼻先でドリブルしながら彼のもとへ。実に器用、そして速い。

「奪えるか、やってみろ」

言われてクロに向かって行くと、スッとよけられてしまう。見事なボールさばき。長らく走ることなどしていなかった私を楽々とかわし、軽やかに走って行く。彼も走り出し、撹乱する。白熱したサッカーゲームは一時間以上も続いた。小さな足音と息づかい。疲れを知らず、夜の闇を躍動する黒い生命体。クロは本当に幸せそうだった。もしあの頃、動画やインターネットがあったら、人気者になったに違いない。

クロは最初からこんなふうだったのではない。彼が口の中を調べたら、歯に傷があったとか。虐待を受けたらしい。そのせいだろう、ひどく臆病な犬だった。はじめてのことはなんでも怖がり、体が拒否した。

車に乗せたら吐いた。この車、彼が毎晩枕元にカタログを置いて寝るほど憧れ、ついに手に入れたスバルの高級スポーツ車。初ドライブで、助手席とサイドブレーキの間に吐かれた。が、彼は怒らなかった。

「まいったよ。ちょうど隙間に入っちゃって。でも、怒ったってしょうがないだろ」

ドライブを断念。引き返し、時間をかけて掃除した。二度目からは、クロをダンボール箱に入れ、安心できる居場所にした。徐々に車に慣れたクロは、ダンボール箱も不要になる。そうして北海道から九州まで、全国を旅した。

体がブルブル震えた海も、楽しさを覚えた。これは荒療治。抱いて水の中へドボーンと放り込んだ。一度で治療終了。太平洋、日本海、オホーツク海。真白なしぶきをあげる波に、バッシャバッシャと豪快に突進し、帰りはスイスイ犬掻き。繰り返し遊んだ。

山ははじめから平気だった。平気というより、血が騒ぐといった様子。狩猟犬の血が流れているのだろうか。喜び勇んで登山道を外れ、藪の中を突っ走っては、しばらくするとまた道に現れた。不意に藪からガサガサッと出てくるものだから、よく熊と間違えて登山客が「キャー！」と悲鳴をあげた。そんなとき、クロも彼も素知らぬ顔で、なぜか距離をあけて歩いていた。私はハラハラするやら可笑しいやら。

犬の心を読み、犬の喜びをめいっぱい叶えた彼。クロだけではない。出会った犬たち皆に、そうやって愛情を注いでいた。

隣家（と言っても500メートルくらい離れている）の犬が夜中に彼のもとへ逃亡してきたことがある。朝起きたら、鎖をジャラジャラ引きずって縁の下から出てきた。「おはよう！」と言うように、尻尾をちぎれんばかりに振って。大型犬で、飼い主は手に負えず、繋ぎっ放しにしていた。彼はその家の前を通るたびに糞《ふん》を掃除し、ときには散歩をしてやった。車で山や川に連れて行き、遊ばせることもあった。

友人が犬を連れて遊びにきたときも、私はかなり吠えられたが、彼には吠えるどころかピタリと体をくっつけた。初対面の人に見せたその行動に、友人も驚いたものだ。犬にはわかるのだろう、彼が信頼できる人であることが。

彼は、〝弱い者〟に敏感で、いたわりの気持ちが人一倍強かった。動物に限らない。病気の人、身寄りのない人、貧しい人。自分を主張できない人、理不尽な扱いに悩み苦しむ人……。そんな人にいち早く気づき、ためらうことなく手を差し伸べた。本人がだまっていても、本人がまだ自覚していなくても、見抜いて声をかけた。「お前、大丈夫か?」と。それは、本能であるかのように自然だった。

何度も苦しみから救ってもらいながら、晩年の彼を十分にいたわることができなかった私。犬を飼えたら、あんなに幸せにしてやれるだろうか。

竹の子もサツマアゲも「愛してる」――十八年分のメモ

店頭に筍がお目見えしはじめた。ゴワゴワの皮をまとい、ずんぐりと太ったその姿は、野性味に溢れ、食欲をそそる。が、一度も買ったことがない。料理できないのだ。大体の手順はわかるが、面倒でやる気にならない。水煮したパックでいいや、となる。

彼は毎年、皮付きを買って料理した。そして私に届けてくれた。筍御飯、煮物、天ぷら等々。仕事を終えてアパートに帰ると、タッパーに入った筍料理が食卓に置かれていた。

こんなメモを添えて。

> **熊本産と云う竹の子を米ぬかでうで、冷してサツマアゲとコンブで煮て、どう味は？　竹の子ごはんは熱くあたためて、朝、食べて下さい。では又**

食事をしながら電話で話す。

「よくつくったねぇ、時間かかったでしょ?」

「俺はヒマですから」

「結構おいしいよ。つくり方、よくわかったね」

「スーパーのおばちゃんに訊くと、喜んで教えてくれるよ。『これ、どうやって料理するんだい? 女房に逃げられちゃったから、自分でつくんなきゃいけないんだよ。』って言うと、『あらァ! 大変ね。』って言って、丁寧に教えてくれるんだ」

あっけらかんと店員に話しかける彼の姿が目に浮かぶ。積み上げられた筍を前に、辺りを憚らぬ大声で。彼らしくておもしろい。けれど、そんな筍を頬張りながらビールを飲んでいる自分を思うと、ちょっと複雑な気持ちになる。

当時、定年で仕事を退職した彼は、昼間、プールに通って健康づくりに励んでいた。私のアパートは、そのプールの目と鼻の先にあった。彼は、プールのついでに私の部屋に寄り、手づくりのおかずを数品置いていくのが日課のようになる。一人暮らしで、帰宅がいつも遅い私を心配し、少しでも早く夕飯を食べてほしい、栄養をとってほしい、と考えて。彼の妻は、数年前に実家のある群馬に家を建て、そちらで暮らしていた。親の介護もあって、狭山にはほとんど戻らなくなっていたのだった。

すっかり顔なじみになった「スーパーのおばちゃん」に教えてもらった料理を、彼はせっせと運んだ。野菜料理が多いのは、私が野菜好きだからだろう。彼もそうだったが。

俺の初漬けを食べてー。カブとキューリ。これからもっと上手になるぞ。あとはみそ汁と厚あげの煮物。では

お兄ちゃんの宅配でございます。野菜いためめ、例の肉じゃが（今日はよくできたと思っている）冷蔵庫にはキューリとカブ（これはしょっぱいよ）、朝のパンです。

柿、キンピラ（少しからめ）、白菜づけ、ハンペンの入った
煮込み汁（これは温めた方がおいしいよ）以上です。
空気乾燥の折、うがい手洗い洗顔をしてね。では。

ほかに、大根、かぼちゃ、豆、こんにゃく、おから等の煮物、ナスとピーマンの味噌炒め、豚汁などがよく登場する。次第に、テレビの料理番組で得た知識や、自分の創意工夫も加わる。

机上にはさつまいもとコンブの煮物
（砂糖は使用していません）、冷蔵庫
の中には「れんこんのごまあえ」と
「さつまあげと乱切り根菜煮」これは
自分でつけた名前。
どうぞごゆっくり召し上がって下さい。

例によって例の味、日本の父
の味。
冷蔵庫にも入っているよ。
では又

お酒を飲まない彼は、御飯が好きだった。「手作りいなりずし」と書かれ

たメモが何枚もある。赤飯は大好物。子どもの頃、年に二回だけ食べられる日があり、それが待ち遠しくてならなかったとか。

夕べは自分の祝いに赤飯を作って今朝完成。あとで持って来ます。手紙ありがとう

彼の誕生日のものだ。自分で赤飯を炊いたのか。なんだかしんみりする。私は手紙を書いただけだったんだ……。

こんなメモがあった。

宅配に来たけどいないので帰ります。
天ぷら出来たて、味噌汁は冷蔵庫の野菜室に。
又つけもの三箱。どうぞとっくりと………　では

よく見ると、ＰＭ８：10とある。そうか。プールのついでのときだけではなく、つくりたてのおかずを食べさせたくて、わざわざ出直してくることもあったんだ。

ほかのメモも確かめてみた。一番最後に書くためだろう、どれも文字の隙間や紙のギリギリ端っこに日付と時刻があった。19時～21時というのが次々見つかる。彼の家から私のアパートまでは、車で片道三十分。せっかく温かい料理を届けたのに主が不在では、さぞがっかりしたに違いない。引き返して自分が食べる頃には、すっかり冷めてしまっただろうし。第一、お腹が空いているのに、先に人に届けようなんて……。心配な人がいるといつも我を忘れて世話を焼く、彼の深い愛。それをただ平然と受けていたことに気づき、ドキッとする。自分の鈍さを今頃になって悔いる。

こんなメモも。

今日は野菜のごった煮。
毎日運ぶ料理。階段を上りながら、フランス映画に出て来そうなワンシーン、みすぼらしき男の、女のアパートに料理を持っていく……。そんな気のする雨の日でした。

秋晴れに
　愛のあかしの　手料理を
とどけて我は
　　プールへと行く
どうだ!!　　　　では又

クスリと笑いがこぼれる。

彼の届ける料理は私の体に、メモは私の心に栄養を与え続けた。


おかず、あまり具がよくないのでおいしくないけど食べてね。

体力つけて、負けてはならないよ。真実を貫き通す力は又、体力なのだから——では又

味付け煮豆持って来ました。少し量が多いかな。

生活のうるおいは、VIVAイタリアにしましょう。旅行申込書、僕のを見て書いてね。


さつまいもとカボチャの煮物は、少し甘いようだったらショウユをたらして食べて下さい。又、ニラ肉炒めもあります。

教育も人生も同じ。正しい人生観に基づいたその時々の生き方が、いつかはさわやかな生活そのものとなるでしょう。

正義はさわやかなもの。

ああ、こうした言葉に私の悩みは吹き飛んだのだ。仕事の疲れも、生きる困難も消え去って、体の芯からムクムクと力が湧いてきた。「がんばろう」と素直に思えた。カラリと眩しい青空が広がるあの感覚。人生はすばらしい、と胸がふるえた。

誕生日の夜は中華に行こう。おごるから。又TELします。幸せいっぱいに今を生きよう!!

のどの痛み、蜂蜜で治ってよかったね。蜂蜜には生きている菌がいるんだよ。ビールスをやっつける菌がね。知ってた？　でも、俺の愛する思いが菌をやっつけたのかも？　いつもいつも裕子の命は俺が守る。忘れないでね。（すぐ忘れる癖があるみたいだけど）

言葉の後ろには必ず、宛名と署名があった。それは漢字になったり平仮名になったり、ローマ字になったりしたが、いつしか「ＮＩ」「ℓｙ」の四字で完全に定着した。ＮＩは彼のイニシャルとわかるが、ℓｙはよくわからずにいた。そんなあるとき、

「あれはなんの略だかわかるか？　ℓはlove、ｙはyukoだよ。youじゃないんだよ」

と教えられた。とても大事なことだと言わんばかりに、ゆっくりと、噛んで含めるように説明していたのを思い出す。

紙くずのような小さなメモは、どれも皆私の名を刻んだ、れっきとしたラブレターなのだった。

メモは、大きな缶の菓子箱に入れてとってあった。彼が亡くなって間もない頃、書かれた日付順に整理したくなり、菓子箱のフタを開けた。ぎゅう詰めにされていた夥《おびただ》しい紙片は、まるで生きものが解放されたようにワサワサと箱から飛び出し、周辺に溢れ返った。その紙の山から、彼の手料理や食材の名前が次々目に飛び込んできたとき、どうしようもなくポロポロと涙がこ

ぼれた。豪快な、迷いのない文字で記されたメモ。今にもサラサラとペンの音が聞こえてきそうな、のびやかな文字。「ℓy」は無論のこと、「竹の子」も「サツマアゲ」も「キューリ」も、私には全部「愛してる」と読めた。あの人が届けてくれた愛の山。十八年分のラブレターだった。

明るい五月の陽光のように降り注いだ尊い愛。小さな紙片の隅々に、忘れかけていた愛を見つけて、今、また涙している。

蛍

じめじめ、ムシムシとうっとうしい季節がやってきた。こんな時期、私の心に浮かぶのは蛍のこと。今年もちゃんと育っているだろうか、そろそろ飛びはじめただろうか、とそわそわする。

夏の夜、彼と二人でよく蛍を探して歩いた。

新潟、六日町。集落の端っこに建つ民家（別荘）の裏手は、広大な田んぼだった。南魚沼、米どころである。田に水を引く宇田沢川は、八海山の雪解け水を集める清流。有名な魚野川の支流だ。滔々《とうとう》と流れる川の中には緑鮮やかな水草が群生し、揃ってうなずくように揺れていた。いかにも蛍の成育環境に相応《ふさわ》しい。

ところが、夜の田んぼをどんなに目を凝らして歩き回っても、見つかるのはせいぜい五、六匹。少し気温が低いと、見つけるのはさらに難しくなった。蛍にとっては、じめじめムシムシが快適らしい。足元の草むらで弱々しく点滅する光や、遠くをふらふらと飛ぶ光をようやく発見すると、思わず二人して、「がんばれ！」と声をかけたものだった。

蛍探しを終えると、私たちは決まって農道に寝転んだ。広大な田んぼの真ん中の十字路が定位置で、彼は〝二人の十字路〟と呼んでいた。アスファルトの道は昼間の火照りを背中から伝え、頬には稲葉を渡ってくる風がひんやりとさわやかだった。

夜空を見ながら話す。蛍がこれほど少ないのは、念入りに繰り返される稲の消毒が原因ではないか。ブランド米を守るため必死の農家、競わせる農業組織、国の農政策、それを求めてしまう消費者。そもそも田んぼや畑は、作物を生産するためだけのものではないはず。土を、風景を、環境を、そして人の心を守るものでもあるのだ。少なくとも昔はそうだった。農業問題からこの国の政治や社会のあり方、地球環境、人生論、芸術論……。いつものように二人の話は果てしなく広がっていく。頭上の宇宙を、時々星が流れて消えた。

群馬県安中市。六日町の家を手放し、代わりに手に入れた第二の別荘。庭と家をつくった大工さんが〝いもりの里〟と銘打ったくらい、湧き水が豊富な土地だ。周囲はうっそうとした山林と小さな田があるだけ。民家も街灯もない。山小屋のような家を一歩出ると、足元も覚束ない真っ暗闇。懐中電灯は必須。ゴポ、ゴポと、素足に直《じか》に履いた長靴の音が闇に響く。怖くてしがみつく彼の腕はしっとり汗ばんでいて、ぺたっと皮膚がくっついた。

目が闇に慣れてくると、光るものが見えた。山陰《やまかげ》や田んぼの上をスーイッ、スーイッと点滅しながら飛んでいる。心なしか、六日町の蛍よりスピードがあって野性味を感じる。が、数はそれほど多くない。十から十五匹といったところであった。

最もたくさんの蛍を見たのは、どこかのひなびた温泉宿だった。信州の青木村ではなかろうか。泊ったのは一番奥まった部屋で、裏手はすぐ山が迫っていた。窓と障子戸で仕切られた外には、湿り気を帯びた空気が淀んでいた。寝る前、灯りを消してから何気なく障子を開けてみてビックリ。真っ暗な闇の中、ゆうに百匹を超えるだろう蛍が乱舞していた。右へ左へ、上へ下へ、奥へ手前へ、忙《せわ》しく飛び交う蛍の群れ。壮観だった。激しいほどの動きなのに、音がしないのが不思議で、幻想の世界に誘われるようだった。見惚れる二人もしらずしらず声をひそめていた。

蛍はまだ生きていた。生きられる場所がまだあって、命を繋いでいた。そのことが二人にとってなによりうれしく、安堵するのだった。

蛍を見るたび、彼は話していた。

「昔はどこにだって蛍はいたんだ。柏原に住んでたときなんて、家の中まで蛍が入ってきたんだぜ。そのたんびに捕まえては外に逃がして……。子どもたちも始終捕まえてたよ。キリがないほどいっぱいいたんだよなあ」

柏原は、笹井に土地を買う前に住んでいた借家があった場所。田んぼの中の一軒家で、春には満開のれんげ畑を子どもたちが転げ回って遊んだという。その頃は私もまだ子ども。同様に野山を駆け回っていた。彼のことも、恋というものも知る由などなく。

マレーシアで一緒に蛍を見たこともある。クアラ・ルンプールを流れるスランゴル川は蛍の名所で、観光客は小さな舟に乗って見物する。流れが緩やかで、上流に向かっているのか下流に向かっているのかわからない静かな川を行くと、黒々とした岸のあちこちにピカ、ピカと光る塊が出現した。ピカ、ピカというよりビカ、ビカと音が聞こえてきそうな強烈な光だった。ひとつひとつの光が、私の知る蛍とは桁違いの大きさ。それが何十と群れ固まって、規則的な明滅を繰り返す。生き物ではなく、まるで電飾を見ているようだった。

考えてみれば、それまで私が見てきた蛍はどれも小さなヘイケボタル。ゲンジボタルすら見たことがない。だから余計に蛍は儚く、頼りないものと思い込んでいた。そしてそこに美しさや情趣を感じてしまう。日本人だったんだなあ、としみじみ思う。

彼が旅立った夏、ひとり、安中の家に泊った。手入れをしなくなった愛の巣は茫々たる草木に覆われ、ひっそり隠れるように主《あるじ》を待っていた。

夜中、ふと目覚めて窓を開けた。露に濡れた草の匂いがゆっくりと体に沁み込んでくる。心地よさに身を委ね、ぼんやり闇を眺めていると、小さな光が見えてきた。蛍も待っていてくれたのか。一つ、二つ、三つ……。と、その一つがすーっと窓辺に向かって飛んできた。そして欄干に止まると、こちらへトコトコ歩み寄ってくるではないか。ああ、彼だ。私は確信した。胸の高鳴りを抑え、驚かさないように小さな小さな声で呼んでみた。同時に涙がこぼれ落ちた。

蛍は愛する死者の魂である、と歌を詠んだ古人《いにしえびと》がいたような……。いつか、お会いしてゆっくり語り合ってみたいものだと思う。やっぱり私は日本人であるらしい。

国歌はやっぱり『さくらさくら』

東京2020オリンピックが一年遅れで開催されている。

大画面のテレビを食い入るように見つめながら、「よしっ！」とか、「あーっ、もったいない！」などと、家中に響きわたる声をあげていた彼を思い出す。今回は異例のコロナ禍での開催。会場はほとんど無観客。「メダルの数が過去の記録を更新！」とメディアは明るく伝えるが、コロナの感染者数はもっとすさまじい勢いで記録を伸ばしている。医療関係者の疲労、病院の逼迫、貧困生活に陥った人々の苦しみの中、続行する華やかな祭典。彼が生きていたら、なんと言うだろう。

「どこの国が勝とうが、そんなことに俺は興味ない。鍛え上げた肉体が見せる演技と、その人間の精神に感動するんだ。そこには〝美〟があるからな。美を追求することは、真実に通ずるんだ」

鋭い眼差しで言い放つ彼。

「自己との闘いは大いにすべき。でも、他人との闘いは意味がない」

競争というものを徹底的に嫌った彼。意味の深さを測りかね、言葉を反芻していると、

「そう思いませんか?」

と、珍妙なポーズと満面の笑顔でおどけていた彼。たった今、テレビに映し出された新体操の真似である。実に緩急自在。東大寺の仁王像が新体操をさせられたようなあの格好は、今思い出しても笑ってしまう。

五輪開催に反対の世論も大きく、ドタバタ続きの開幕直前、開会式の音楽を担当したミュージシャンや、演出を担当したタレントが相次いで処分されるという事件があった。報道に接したとき、私はひどく奇妙な感覚に襲われた。音楽担当の小山田氏は、かつて障害のある子どもをいじめた由。演出の小林氏は、ホロコーストをお笑いのネタにしていたとのこと。どちらも、世界平和と人権尊重を謳った祭典に相応しくないという理由で辞任、解任された。それ以上の詳しいことは知らない。

処分は止むを得ぬことだろう。違和感を覚えたのは、組織委員会や政治家

たちが二人のしたことに対し、「全く許されぬ行為」と異口同音に非難し、断罪する姿勢である。

あの人たちは、本心で言っているのだろうか。単に世界の目を気にして、体裁を繕うために言っているだけではないだろうか。そもそも、「いじめ」や「ホロコースト」について、あの人たちはどれだけその実態を知っているのだろう。

巷《ちまた》でいじめが流行り出すと、学年主任だった彼は年度はじめの集会でいつも言ったそうだ。

「いじめは許さないよ。わかってるな……？　ハイ、おわりっ」

それだけで大丈夫？　と思うが、それが大丈夫なのだ。なにがいけないことなのか、生徒たちはちゃんとわかっている。教師や大人がどこまで本気で言っているのか、いつも普段の行動をよく観察して見極めている。口先だけと判断すれば言うことを聞かないばかりか、教師は軽蔑される。しかし、人間が信頼されていれば一言で十分なのだ。

「〝命を大切に〟なんて、何百回言ったってダメだよ。『お題目はやめろ！』って、黒澤映画で言ってるじゃないか。そうじゃなくてさ、たった一人でもい、誰かに愛されてるって感じてる人間は、人をいじめたりしない。いじめるのは、そいつの心が愛を失ってしまったから。一度失った愛を取り戻すのはたいへんなことだぞ。大人だってそうだろ？　だから学校を、愛の溢れるユートピアにするんだ。まず、教師同士が仲良く信頼し合ってさ。先生の誰と誰が仲いいか、いがみ合ってるか、生徒はようく見てるからな」

尺度の大きな物差しで生きる彼は、中学生たちから厚い信頼を得た。反面、教師たちにはあまり理解されないばかりか、疎まれることもよくあった。もちろん、そんなことで彼の信念が変わることはなかったけれど。

日本のメダルラッシュが続く。日の丸が掲揚され、君が代が流れる。

「日の丸はどうしても好きになれないな。あの戦争が裏にへばりついているんだもん。みんな、そう感じないのかなぁ？」

私がそう言ってブスッとすると、彼はいつも言った。

「お前の言う通り。それとさぁ、国歌はやっぱり『さくらさくら』がいいよなぁ。春の匂いがして、歌いたくなるもんな」

そうして朗々と歌い出すのだった。これまた珍妙な舞いをつけて。私の心はほぐれ、一緒に笑った。

ああ、茨木のり子さんが同じことを詩に書いていたなんて。それを知ったら、百万の味方を得たように彼は喜ぶだろう。早く教えてあげたい。

彼はヤクザか寅さんか

彼はよくヤクザと間違えられた。相手を見据えるような鋭い眼光のせいか、少々目立つ服装のためか、はたまた、学生時代から一度も理髪店に行ったことのない頭髪のせいなのか。まだある。「粗野な言動」だ。

「見ろよ、この通信簿の所見。『言動が粗野で……』だってよ。学校に上がってはじめてもらうってのに、ひでえと思わねえ？　もっとも、〝粗野〟の意味も知らなかったけどさ」

半世紀も前の小学一年の彼の通知票。黄ばんで毛羽立った紙の一学期の所見欄には、黒いインクの文字で確かにそう刻まれていた。一文だけの所見の、後半の内容は忘れてしまったが、褒め言葉はなかった。

「ホントだ。こりゃひどいねえ」

言いながらクックッと笑いがこみあげる。おとなしく教師の言うことなど聞かぬ、傍若無人の少年。担任はさぞ驚き、手を焼いたことだろう。

彼の父親は石職人だった。家の小さな仕事場にはいつも五、六人の職人がいて、大きな石を削ったり運んだり、汗まみれになって働いていた。職人たちは決して心持ちの悪い人ではないのだが、なぜか皆、ひどく大声で喋り、言葉も行動も荒っぽかった。そんな中で育ったから自分も自然にそうなった、それが普通だと思っていた。彼はそう言った。

「でも、俺はいじめっ子の仲間には一度だって入らなかったんだぜ。人と与《くみ》するのは嫌いで、ほとんどいつもひとりで行動してたからな」

そうも言っていた。三つ子の魂百まで。私は大きく頷いた。


彼が中学校の教師をしていた頃のこと。非行や校内暴力の波は埼玉にも及び、連日のように事件が起きた。

ある日の放課後、校庭にぞろぞろと他校の生徒が侵入してきた。リーゼントヘアに引きずるような学ラン姿、ポケットに手を突っ込み、肩を左右に揺らして歩いてくる。バットをゆらゆらさせている者もいる。殴り込みに違いない。二階の職員室は騒然とした。教師たちは窓際に駆け寄ってその様子を見つめた。そしてオロオロする者、だまり込む者、叫び出す者……。校内の生徒たちもザワザワしている。早く止めないと大乱闘がはじまってしまう。

　彼は校庭に出ていった。ついてくる教師は誰もいなかった。北風の吹くグランドでたったひとり、ツッパリ軍団と対峙した彼は、ボスと思しき人物に静かに話しかけ、事情を訊いた。

　どのくらい時間が経ったのか、軍団がすっかり落ち着いた頃、校門からスルスルとパトカーが入ってきた。職員室の誰かが呼んだらしい。降りてきた二人の警察官が軍団に帰るよう促すと、皆、素直にぞろぞろと去っていった。警察官はそれを見届けると、やたらに丁重な物腰で彼に近づいて訊ねた。

「失礼ですが、その筋の方ですか?」

「バカヤロー、俺は教師だ!!」

　何度か聞いたこの話、やっぱり可笑しくてクックッとお腹が震える。怒鳴られた警察官の恐縮ぶりを想像すると尚更《なおさら》だ。

「俺が奴らと話してるのに勝手に警察なんか呼びやがって。しかも警官の野郎、その俺を奴らの親玉と間違えやがった!」

それにしても、彼はどうやって軍団をなだめたのだろう。詳しく訊いてみたかった。

狭山茶の製造販売を手がける水村園の香代さんは、スーパーの店頭販売がきっかけで彼と出会った。香代さんの真面目で丁寧な接客ぶりが気に入った彼は、「次にお茶を買うときは、直接水村園に出向くからね」と、電話番号を訊いて帰った。

何日もしないうちに水村園の電話が鳴る。

「あのさあ！　あんたん家《ち》の場所教えてよ。俺、わかる？　この前スーパーでお茶買っただろ？」

前置きも挨拶もない乱暴な話し方と大きな声に、香代さんはビックリ仰天したそうだ。店頭販売のときはたくさんお客さんがいたせいか、彼の言動は特に気にならなかったらしい。

「こんなこと言って、ごめんなさいね」

クスッと笑ってから香代さんは言った。

「あの電話があったときは、『どうしよう。私、ヤクザさんにお茶を売ってしまったのかもしれない。これから家にくるって言ってるけど、場所を教えてしまって大丈夫かしら?』って焦ってしまって。主人に相談したら、『今さら言ってもしょうがないだろ。くるって言ってるんだから』って。本当にドキドキしながら待ってたんです」

「なんだかよく間違えられるんですよ」

私が笑うと、香代さんは首を振り、ちょっと声を大きくして言った。

「でも実際は正反対で、とっても心のきれいな、やさしい人でした。なんにも言わないのに私の病気のことを見抜いて、すごく親身になって心配してくれて……」

フッとうつむいた香代さんの目からポロポロ涙がこぼれた。同じ病で苦しんだ彼は、なにかを察したのだろう。しばしば水村園へ出かけては、お茶を飲みながら香代さんと語り合うようになった。絵が好きな香代さんと話すのは心和む時間だったに相違ない。

「この絵は我家の家宝です。私は先生を尊敬しています」

小上がりほどのスペースに、細やかに商品が並べられていた。それらに囲まれるようにして飾られる一枚の油絵。静かな夕暮れの茶畑、水村園を訪ねたある日、彼が描いた絵。彼の絶筆となった絵だ。私ははじめて対面した。微かに染まる空の朱色が、彼の命の灯のようで悲しかった。香代さんは愛しそうに額を撫で、しゃくりあげた。私も一緒に泣いた。

実は、彼には本物のヤクザの知り合いがいた。以前担当した学年の生徒の父親で、地元ではちょっと名が知られていた。なんでも知り合いは、しかも、その知り合いからたいそう慕われていた。その息子が、ある日事件を起こした。数人の仲間と一緒に、同学年の女生徒にいたずらをしたのだ。女生徒の親はカンカンに怒っているという。彼は担任教師と共に首謀者、つまりヤクザの息子の家を訪ねた。待っていたのは父親だった。担任は緊張で震えながらも、懸命に謝罪の説得をした。

一時間近くも説得が続いたが、話は少しも進展しなかった。ついに彼は口を挟んだ。と言うより、雄叫《おたけ》びを上げたと言った方が適当かもしれない。

「てめえ、それでも父親か！　子どもはまだ人生これからなんだ。てめえがどう生きようと勝手だが、少しは子どものことも考えろ。子どもはてめえの所有物じゃねえんだぞ！」

「あのときは俺もずいぶん我慢して聞いてたんだけどな。担任も必死で頑張ってたし。奴があんまりグズグズ言ってるもんだから、とうとうキレちゃった。刃物でも持ち出すんじゃないかと思って覚悟はしてたんだけどな」

刃物どころか、この日以来、彼はヤクザにすっかり気に入られることになったのだ。

私は仕事で悩んだり腹が立ったりすると、彼に話さずにはいられなかった。彼は必ず共感し、力づけてくれた。それればかりか、次元が低い私の愚痴を、ひょいっと哲学の域まで昇華させてくれたりもした。実に明快、気分がスッキリしたものだ。

あの日はちょっと違った。赴任してきた新しい校長があまりに理不尽で傲慢、意見を言えば高圧的な態度に出る。私の腸は煮えくり返った。帰宅してすぐ、彼にその一部始終をぶちまけた。

話を聞き終えると、彼は私の目をじっと見て低い声で言った。

「その校長の電話番号を教えろ。知り合いのヤクザに頼んで脅してやる。そいつのような卑怯な奴には、それが一番効くんだ。俺が電話したっていい。もう公務員は退職したんだから構うもんか」

本気だ。鳥肌が立つ。恐ろしい。けれど同時にうれしかった。ああ、この人はどんな手を使ってでも私を守ろうとしてくれている。そう感じた瞬間、さっきまでとはまるで違う世界にいるような気がした。怒りはすっかり消え、じわじわと勇気が湧いてくる。とてつもなく大きくて柔らかいものがスッポリ私を包み、もう手足をバタつかせなくても自由に空を飛べるような、そんな不思議な感覚だった。

映画『男はつらいよ』の寅さんを思い出す。芸者のぼたんが男に金をだまし取られる。寅さんは激怒し、男を痛い目に合わせてやると息巻く。ぼたんの悔しさを晴らすためなら、自分の身がどうなろうとかまわない、と。そんな寅さんの気持ちに、「お金なんてもうどうでもいい。うれしい。幸せや」と、おいおい声をあげて泣くぼたん。

あのときの私の胸のうちは、さながらぼたんのようだった。そして彼は、寅さんなのだ。

もちろん校長の電話番号は教えなかった。だからヤクザに借りをつくることもなかったし、彼が罪を犯すこともなくすんだ。ただ、あのとき感じた不思議な気持ちも、その感謝の言葉も伝えぬまま彼と別れてしまったことが悔やまれる。向こうに行ったら、また一緒に『寅さん』を観ながらそんな思い出話をしてみたい。

『寅さん』讃歌

ウーウーとやかましい音がした。

国道16号が目と鼻の先、病院も警察署も近い私のマンションでは年がら年中のこと。彼方から徐々に大きく盛り上がってくるサイレンは、昔、物理の授業で習ったドップラー効果を毎度律義に実証しながら遠ざかっていく。

でも、あの日は違った。その辺で降ってわいたように鳴り出し、ゆるゆると近づいてきて、最大音量と思われたところでピタッと止まった。バタン、バタンッと車のドアを閉める音。近い！　ベランダに走り出て見ると、ちょうど真下にパトカーがランプをチカチカさせたまま止まっていた。パトカーの前には、見慣れたスバルの軽ワゴン。彼だった。

警官との会話が、糸電話でもしているように四階の私の耳にははっきり届く。

「スミマセン！　短時間ですみますから」

「早くしてくれよ。これから映画観に行くんだから。女を待たせてるし、遅れちゃ困るんだよ」

「スミマセン、お楽しみのところ……」

反射的に私はしゃがんで身を隠した。ベランダの隙間に顔をくっつける。謝っているのは切符を切っている警察官。真面目で人が好《よ》さそうだ。対して彼は白いスカーフを垂らし、パトカーに寄りかかって妙に態度が大きい。

「なんであそこ右折しちゃいけないんだい？」

「ワタシもさっきはじめて知ったんですよ。いやね、今日はもう仕事終わって帰るとこだったんですよ。信号待ちしてたら、おたくの車がスーッと右折していったのが見えたもんで。こんなところに道があるのかと思ったんです。それでパッと左を見たら〝直進のみ〟の標識が立ってて。クセなんですよ、標識を確かめるの。いやぁ、だけど驚いたなぁ。ワタシもしょっちゅうここ通ってますが、この標識に気づいたのは今日はじめてです」

「警察のアンタが今まで気がつかないんだから、俺が気がつくわけないだろ？　もっとわかるように立てとけよ」

「スミマセン、そう言っときます」

「まあいいや。（切符）書けた？　じゃあね！　ちゃんと上のヤツに言っとけよ」

「ハイッ。お急ぎのところスミマセンでした。お気をつけて！」

やっぱり似ている。『男はつらいよ』の、あの寅さんに。寅さんは車の運転などしないけれど、なんだか同じ匂いがする、と思った。

この日私たちは、その『男はつらいよ』を観に行ったのである。川越のスカラ座かホームラン劇場だったと思う。第四六作『寅次郎の縁談』、マドンナは松坂慶子で、瀬戸内の島が舞台の作品。寅さん映画のファンである私が強引に誘った。

彼はかなりの映画通のくせに、なんと寅さんをまともに観たことがなかった。

「男はつらいよ？　ああ、遠足の帰りのバスで、ガキどもを寝かせるために見せる映画だろ？　女に惚れてフラれて男はつらいよ、ってんだろ？　冗談じゃない、こっちはそれをずっと真剣にやってきたんだ。大変だったよ、毎日忙しくて。わざわざつくり物で観てる暇なんかなかったよ、現実で十分、間に合ってるからね」

確かに、彼の恋の遍歴は並大抵ではなかった。でも、「女狂い、っていうのじゃない」。映画の中で、おいちゃんが寅さんをかばって言ったのと同じ。寅さんと違うのは、「人を愛することは悪いことでも恥ずかしいことでもない。美しいことなんだ。これは真実なんだ」と公言し、実践していたところだろうか。と言っても、この〝真実〟は、周囲の人々に理解されることはほとんどなかった。人が定めた法などより真実はずっと尊いもの、という彼の考えは、法に則って生きることを疑わない、良識ある人々には危険すぎたのだろう。

良識のない私は、〝真実〟に深く共感、彼に魅かれた。その彼が『寅さん』を観ないというのがもどかしい。

「だからこそ、観た方がいいって。それに、『寅さん』も知らずに映画を語るなんておこがましい。もったいない。とにかく一度一緒に観に行こうよ」

頑なな彼をたしなめ、なだめすかして、ようやくその気にさせたのだった。

けれどダメだった。映画館の中、出口に近い席にドカッと腰を下ろした彼は、足を投げ出したり組み直したり、ちっとも落ち着かない。三〇分経つか経たないうちに、煙草を吸いに席を立ってしまった。閉所恐怖症というか、人混みが苦手というか、常に自分のテリトリーを広く保っていなければいられないらしい。若い頃はさほどではなかったようだが、五十代半ばの彼にとって、映画は家の巨大テレビ画面で観るものになっていた。最近、私にもその気持ちがわかるようになってきた。

彼が長い休憩から戻ってきたのは、映画がもう終わり近い頃だった。以来私は、彼の前で『寅さん』の話題を口にすることはなくなった。

ところが、二月《ふたつき》ほど経ったある日、彼の方から水を向けてきた。

「満男が就職試験に落ちたあと、どうなったんだっけ?」

一瞬ポカンとした。そしてガゼン活気づいた。喜び勇んであらすじをしゃべりはじめる。が、記憶が定かでない。あっちへ飛び、こっちへ戻りしていると、サッと彼が引き取った。

「そう、そこでカット! いいねぇ。そして夜明け前の海の風景に切り替わる。うまいよなぁ、あの切り方とつなぎ方！」

「カメラアングルがまたいいよな。島の中の景色をグッと下から撮るところなんか最高だ！　ちゃあんと空を入れてさ。そこへ美しい女が登場ってわけよ」

ノッていた。それにしても細かい。私の頭にはほとんど残っていないことばかり。でも、大好きな映画を褒められていい気分。

「へぇ！」「よく気がついたねぇ」などと合いの手を入れる。

「第○作では、寅が○○するだろ？　あれはさ……」

鈍い私もここまできてようやくアレ？　と思う。

「なんでそんなこと知ってるの？　そもそもこの前だって、途中からほとんど観てなかったのに」

やっと気づいたかい、と言わんばかりのしたり顔で、彼は本棚をおもむろに指差した。そこには、いつどうやって手に入れたのか、『男はつらいよ』のビデオテープがずらりと並んでいた。

彼がはじめて映画というものに触れたのは小学生のときだった。年に何度か村に回ってくるのを、末っ子の彼は母親に連れられて観に行った。

「村のシッチクジョでやったんだよ。狭いところにゴザひいてさ。ギューギューづめよ」

「シッチクジョ？」

「そう。蚕を育てるところ」

飼畜所のことだろうか。

「蚕の匂い（それがどんなものか、経験の乏しい私にはよくわからないが）の中で観たんだ。三益愛子《みますあいこ》の母ものが多かったな。映画がはじまったと思ったらもう、すぐ母ちゃんたちは泣いてんだよ。シクシクシクシク……。まぁよくそんなに、って思ったけど、みんな泣くために観にきてたんだな」

そんな風に人の心を動かし、心ゆくまで泣かせてくれる映画というものに、子どもながら大きな力を感じたという。

「だけどさ、しょっちゅうブツッて切れて真っ暗になっちゃうんだ。映写機の故障。直るまで待つしかない。で、みんなシーンとしてるだろ。そうするといつもヘンな音がするんだよな」

どうやら若い男女が睦み合う音（?）だったらしい。映画が再開するとき、一瞬パッと会場の電気が点く。と、若い男女は慌てて体を離す。すかさず囃《はや》し立てる声。子ども連中の中には、闇に紛れてカップルに忍び寄り、観察している者もいたのだ。

「奴らがなにをおもしろがっているのか、あの頃の俺はまだわからなかったけどさ」

彼は笑った。村人たちの様々な感情を包み込んで催されるシッチクジョの映画会の話は、それ自体が古い映画を観るようで楽しかった。

「俺は映画監督になりたかったんだよなぁ」

そんな話も時々していた。映像の世界への第一歩として、都内のテレビ局に就職したことがあったという。ドラマなどの美術の仕事だった。が、一年足らずで退社。人に使われ、命令される日々に耐えられなかったのだ。人一倍自尊心が強い彼らしい。そして一度決めたら即実行、私みたいにグズグズ考え込まない性質《たち》なのだ。そう言えば、教師として最初に赴任した学校は、宿直室に一晩泊っているうちに急に嫌になって逃げ出したとか。「そんなの、よくある時代だったんだ」と豪語していたけど。

逆に、ひとたび気に入ったことには徹底的に入れ込んだ。『寅さん』はまさにこれだった。

「映画館はどうも落ち着かなかったけど、なんだか気になってな。一人でじっくり観てみたら、たまげたよ。日本版のチャップリン映画だな。愛に溢れてる。なんたって、画面が生きてるんだよな。どこを観てもそう。生き生きしてる。役者の演技もそうだし、背景や周りの人物、画面のすみずみまで自然なんだ。テンポがまたいいもんだから、グイグイ引きつけられる。ひとつひとつのカットに全く無駄がない。緊張感があるよ。第一、脇役がすごい！往年の名優ぞろい。久しぶりに見たよ。これじゃあ映画が締まるわけだ。こんなにすごい映画を撮る山田洋次ってのはどんな監督だ？ってんで、ほかの作品も観たりしてさ。『同胞』は特にすばらしかった。あんなに大勢の役者を一度に撮るのは難しいんだぞ。とにかく参ったよ。全然知らないでバカにしてるようじゃだめだなぁ俺も。反省しちゃったよ」

たいへんな変貌、たいへんな惚れ込みようだった。一緒に胸を熱くしていると、彼が続けた。

「お前もお前だよ。なんでこんないい映画があるって、もっと早く教えてくれないんだよ」

エッ!? 言い返す前に吹き出した。やっぱり寅さんに似てる……と。

彼は寅さん映画の中に、時々かつての名画が埋め込まれているのも発見し、その映画を次々観せてくれた。『無法松の一生』、『人情紙風船』『二十四の瞳』『卒業』『望郷』などなど。もちろん、チャップリンも。それは宝探しのようで楽しく、私の世界を広げてくれた。

こうして立派な『寅さん』ファン、私以上の『寅さん』通になった彼と、繰り返し繰り返し映画を観ては語り合った。映画の魅力について、人生について、幸福、愛、そして〝真実〟について。

柴又や小諸の記念館にも出かけたし、ロケ地も旅した。

小さな港であんパンにかぶりついていた彼。城下町で人力車を引く若者に、「『寅さん』知ってるかい？ 観なきゃダメだよ、ここはロケ地、いいとこなんだから」と檄《げき》を飛ばしていた彼。やっぱり寅さんぽいなぁ、と笑いながらカメラにおさめたものだった。

夕食でビールを飲めば必ず、

「ビールは最初の一口だよなぁ」

二人の口から同時に漏れるタコ社長の口癖。私が悩みに沈んでいれば、

「人生に後悔はつきもの」

彼が言い出す。あとは一緒に唱和する。

「ああすりゃよかったという後悔と、どうしてあんなことしてしまったんだろうという後悔」

そして笑った。田中絹代の口調を真似て、「心配で心配で……」と年中言い合ったのは、小津映画だったろうか。二人の傍らにはいつも映画が、とりわけ『寅さん』映画がやさしく寄り添ってくれていた。

彼亡き今も、私は『寅さん』を観ている。少し観ないでいると無性に恋しくなってしまうのだ。そこには美しい風景と音楽、愛すべき人々がいつも待っていてくれる。そうして、孤独の海に沈んでいく私をそっと引き上げてくれる。もう一度人を信じてみよう、という気持ちにさせてくれる。『寅さん』は、

懐かしさと愛おしさの詰まった宝ものなのだ。

映画を観ながらどんなに泣いていても、「あんまり泣くと目が腫れちゃうよ」と言って、ティッシュの箱を差し出してくれた彼がいないのはさびしい。それでも、同じ感動を分かち合った人がいたという温もりが、私を支えてくれている。

米

のどかな田舎道を運転していると、唐突に声がかかることがあった。

「そこ！」急いでブレーキを踏む。

「ちょっと、バック」「今のとこ、入ってみよう」最徐行で進む。

「よーし、ストーップ」車を降り、目を細めて風景を見つめることしばし。

「運ぼう」決まり。車から道具を運ぶ。キャンバス、イーゼル、座布団、絵具箱……。こうしていつも彼は絵を描いた。

時々、違う目的で車を止めることもあった。「米」である。

刈り取った稲がはざ掛けされ、眩しい秋の光を浴びているのを見ると、

「美味そうだなぁ。この米、売ってもらおう」

そう言ったかと思うと、見ず知らずの農家の戸をたたき、交渉した。

彼にとって、天日で干した米こそがホンモノ。近年、ホンモノの米が激減している。手間がかかって大変らしい。機械で刈り取り、そのまま乾燥機に

かけた方がずっと効率がいい。

「でも干した米の味は全然違うんだ」と彼は言った。

突然の訪問者に、はじめは訝《いぶか》しげな農家の人も、次第に表情を和ませ、最後は皆、快諾した。自分の米づくりに惚れ込んで、直接求められるのは、案外うれしいことらしい。

彼の心を動かすのは、山間《やまあい》のこぢんまりした田が多かった。田の主も小さな農家ばかり。ときには温泉に入りながら話が弾み、「ウチの米も食ってみろ」と言われてついて行ったこともある。

大抵、三〇キロ（半俵）を玄米で買った。勧められれば一俵のことも。値段はまちまち。米相場などまるで知らない私と違い、彼は十分わかっていたが、言い値には決して異を唱えなかった。

一度、安すぎる値を言われたからと、少し多く渡したことがあった。過疎化の進む、長野県の七二会《なにあい》村の農家でのこと。米を用意する間、日当たりのいい縁側でお茶をご馳走になったお礼も含めたのだった。

帰り際、老夫婦はあたかも拝むかのように深々と腰を折り、私たちを見送った。バックミラーに映るその姿と、フロントガラスから望む遥かな山並みの美しさが脳裏に焼きついている。

この米の味は実によかった、炊いているときの匂いがもう違った、と彼は翌日満足そうに報告してきた。得意気にこう付け加えて。

「田んぼの上で絵を描いたとき、近くにジャンジャン湧き水が出てたろ？あの水も美味かったから、米も美味いはずだと思った。俺の直感通りだった」

インターネットを使えば、美味しい米も天日干しの米も、簡単に探しあてることができるだろう。けれど、田んぼの大きさや形、田んぼを取り巻く風景まで知ることは難しい。まして売り物にするつもりなどなく、のんびり静かにつくっている米に出会うことはない。自分の目で見て、つくり主と言葉を交わして分けてもらうのが、彼のやり方だった。彼が味わう米には、その土地の風景も、田の主の人柄も溶け込んでいた。

こんなにも米の味の違いがわかる彼と、実は私は正反対だった。恥ずかしながらよくわからないのである。ホンモノの米の味も、水の味も。スーパーで安い米を買い、水道水をゴクゴク飲む。米を炊くのも水道水。彼は浸水から炊き上げまで、一切水道の水は使わなかった。ペットボトルの水も、メーカーによって好みの順があるほど、味の違いに敏感だった。

二人の差は、育った時代の生活環境の違いにあると思っている。私は高度経済成長期に育った。合成着色料、添加物まみれの飲食物を口にし続けたことが、今に至る原因ではないだろうか。

そんな〝味音痴〟の私でも、彼のおにぎりの美味しさはよくわかった。

車で出かけるとき、彼は朝炊いたご飯の残りを必ずおにぎりにした。中身は鮭か梅干、なければ塩だけ、とごく平凡。大きな海苔《のり》一枚でぐるっと包む。海苔を切るという発想はない。かなり大きくて、一つでコンビニおにぎりの二個分は軽くあった。海苔の大きさに合わせていたのかもしれない。形は丸。厚々として、持つとずっしりした。

「食べ過ぎちゃうからもっと小さくして」

と何度も頼んだ。そのときは、

「ハイよっ」

と小さくなるが、日が替わるとまた大きくなっていた。

ご飯と海苔の混じり合う匂いが漂う車の中にいると二〇分で限界、食べずにはいられなくなる。そして、食べはじめたらどうしても途中で止められない。ずっしりおにぎりは、たちまちお腹に吸い込まれる。

当時呑兵衛《のんべえ》だった私は、おかず好きで、ご飯はあまり食べなかったのだが、彼のおにぎりだけは別だった。なにが違うのかわからないけれど、とにかく美味しかった。

「なんでこんなに美味しいのかな?」

コツを聞き出そうと訊ねると、決まって、

「愛情がこもってますから!」

得意そうな答えが返ってきた。

このところ、米の消費量の低下と、それによる米価の下落が深刻な問題になっているけれど、美味しいおにぎりを幼い頃から食べていれば、健全な味覚を持つ、米好き人間がきっと育つはず。今頃ようやく米のすばらしさに目覚めた者として、恥を忍んで心から言いたい。この味はもちろん、田のある風景を消さないでほしい、と。

過疎の進む、信州の七二会村は私の母のふるさと。私の原風景。彼は何枚も絵を描き、個展を開いた。案内ハガキには、山の上の小さな田を描いた絵に、短い詩が添えられている。

ふるさとの詩《うた》

ふるさとは母であった
ふるさとは悲しみも喜びも知っていた
ふるさとに帰る日
永遠の愛を誓った

猪熊　昇

あの小さな田では、まだ米づくりをしているだろうか。

入籍

T医大集中治療室　午後六時
いつもの面会時間
蜘蛛の巣のように張りめぐらされた管のなか
あなたは眠っている
軽業師みたいに身をよじり
巣のなかへ潜り込む
そうっと頬に触れる
「今日　市役所に婚姻届を出したよ」
混濁の瞳に宿るかすかな光
私たちは夫婦になつた
「おれは恋人であり親友。　兄であり夫なんだ」

あなたの言葉を武器に
誰かが決めた結婚の枠になんか　はまるもんかと
抗って二十年余
死の影に　あっさり掲げた白い旗
今しなければ　すべて無かったことになる
隠し続けた　本音の悲鳴

淡々と書類処理した戸籍係は
急須と狭山茶を差し出した
「こちらは市からのお祝いです」
初老の新妻は一瞬ポカン
入籍はめでたいこと――
ようやく理解した　世のならい

去来していたのは

孤独のブラックホール
兄のあなたを失う未練
それから　ひとつの後悔
「ウエディングドレス着て写真撮ろう」
あなたの誘いを断固拒否した青い私
勿体ないことしたものだ　と

それも　これも
蜘蛛の巣に守られたあなたに
伝えることなど　能わず

二週間後
あなたは
しずかに
旅立った

愛し合う魂に誘《いざな》われ

二〇一七年暮れの京都は観光客でごった返していた。二十年前、彼と訪れたときは、どこの寺院も全く人気《ひとけ》がなく、堂内の空気は厳かに張り詰めていた。底冷えと畏敬の念とで、震えながら古《いにしえ》の仏と向き合った。

「京都を旅するなら年末だね」

あのとき二人で話した通り、年の瀬にしたのだが……。

あろうことか、町は人種の坩堝《るつぼ》。参道は大行列、知らない言語が頭上を飛び交う。時代はすっかり変わっていた。まぁいいさ、目的は観光じゃないんだ。明日は……。

私は、「比翼塚《ひよくづか》」に詣でるために京都へきたのだった。

妙心寺の塔頭、衡梅院《こうばいいん》に映画監督・新藤兼人さんと女優・乙羽信子さんの比翼塚がある。お二人がそれぞれの著書にそのことを記していた。八月に彼を喪って以来、自分の存在や生きてきた道を肯定してくれるものを必死で探していたとき目に留まり、どうしても見たい、どんなものなのかこの目で確かめたいと思った。

「比翼塚」とは、「相思の男女を、いっしょに葬った塚。めおとづか」（広辞苑）のこと。江戸時代には、相愛の仲でありながら添うことが叶わず心中した男女を葬った墓のこともそう呼んだらしい。新藤さん、乙羽さんが、自分たちの墓のことを「比翼塚」と呼ぶ気持ちがずしりと胸に響く。私は彼との関係を重ね合わせたのであった。

翌朝は、青い空に時折チラチラと風花が舞っていた。

案の定、町とは打って変わって、妙心寺は閑かだった。広大な境内を歩く自分の足音が響く。制服の少女が一人、急ぎ足で参道を横切っていく。案内図に示された数多《あまた》の脇寺の中に衡梅院を見つけ、ゆっくりと歩を進めた。

あった。緊張して門を潜る。玄関で声をかけるとすぐに返事があった。事前の電話で応対してくれたのと同じ声、大黒《だいこく》（僧侶の妻）らしい。

「遠いところ、お墓参りご苦労さんです」

明るい出迎えにホッとする。挨拶を交わしていると、奥から品のある老婦人が現れ、こちらをチラリと見ながら会釈をして過ぎていった。ああ、この方が乙羽信子さんの宝塚時代の友人、衡梅院に嫁いだという女性だなとわかった。はるばる墓参りにきた私を、旧知の人ではないかと思ったようだ。比翼塚に詣でるのは、よほど故人と縁の深い人だけなのだろう。

「先生のお墓、ご案内しますね」

大黒は裏口から外に出て、先に立った。そのうしろから、ピョンと女の子が飛び出し、

「こっちですよー」

と、はしゃぎながら追い越していく。大黒の娘さんだった。

可愛い声に導かれて枝折戸を抜け、よく手入れされた生垣の中へ。無暗に人が立ち入ることのない奥まった場所に、比翼塚は建っていた。

想像していたのとは違う、立派な〝墓〟であった。四角い墓石は、小ぶりだが高さは一般のそれと変わらない。スラリとした立ち姿は気品を湛えている。正面に「天」と一文字、刻まれていた。

「先生（新藤監督）が書かれたんですよ。『天』は『二人』と書くでしょう。

このお墓には二人以外入ることはできないんです」

大黒が説明してくれた。

右側面には二人の名前。敢えて俗名だけを大きく刻んでいる。その意味を想うと、感慨深い。

「お花を供えましょうね」

途中で買ってきた花を大黒が引き取った。同じ花屋で買ったのだろう、花立にはそっくりな花が活けてあった。

「先生のお孫さんが一昨日見えたんですよ。二十二日が乙羽さんの命日だから。このお花、先生たちはもう十分味わったでしょ?」

塚に向かってそう言うと、大黒はまだ新しいその花を惜し気もなく片付け、私のと活け替えた。一ファンに過ぎない私を、身内と同等に扱ってくれることが面映《おもは》ゆかった。

「先生もよくここにこられたんですよ。晩年はお孫さんに車椅子を押してもらって。いつもここで『乙羽さん……』って呼んでは涙ぐんで」

その姿がはっきりと目に浮かんだ。

二人の愛の深さを想う。乙羽信子さんは言っていた。「現代社会で風化してしまったものの中に『忍ぶ恋』という言葉がある。『忍ぶ仲』の二人は、そうでない〝公認の二人〟よりも愛が濃いとはいわないが、愛を真綿で包んで大切に育てているという感じがする。」(『どろんこ半世紀』より)

とは言え「忍ぶ恋」は苦しみを伴う。「仕事と恋の両方、新藤の前から退こうとした」そのとき、新藤監督が言った。「……人生で、とことん知り合える人間なんてそうはいない……」惹かれ合う魂を信じ、愛を貫いた二人。もう誰にも邪魔されることのない二人だけの世界、純粋な愛の世界が、今、目の前にあった。

「どうぞお参りください」

言われてハッとし、手を合わせた。なにから話せばいいのだろう。ここへきた理由《わけ》、二人の愛と私たちのこと……。ごちゃごちゃのまま目を閉じた。その瞬間、ドオーッと音がして天上から大風が吹いてきた。驚いて目を開けると、花弁《はなびら》のような大きな雪片が、群れになって舞い踊りながら降りてくる。

「あらあら珍しい。どうしたことかしら」大黒が言い、

「雪だ、雪だあ！」と、娘さんが歓声をあげた。

一陣の風雪は、比翼塚の二人からの届け物だろうか。だとすれば、「よくきたね。言わなくてもわかっているよ」という歓迎と、「己の信じた愛を他人にわかってもらおうなどと考えてはいけない。愛は二人だけにしかわからないもの。もっと強くなりなさい」そんな、私の迷いへの戒めなのかもしれない。そうだ。だからいつか、私たちに相応《ふさわ》しい比翼塚をつくろう、と心に決めた。

目的を果たし、短い旅は三日目の最終日。帰るだけだ。二条城に近い宿から京都駅まで歩くことにした。時間もたっぷりあることだし、と地図も見ずに当てずっぽうに歩いていたら、ひょっこり小さな神社に出た。冬日を集めたようなこぢんまりとした境内は、まるで私を待っていたかのような佇まい。物言いたげな気配に満ちていた。

縁起札を読むと、坂本龍馬と妻のお龍が秘かに逢引した場所とのこと。破天荒の龍馬が「面白き女」と言って愛したお龍。互いに「こんなに面白い男（女）はいない」と思いながら強く惹かれ合ったという。私たちと同じだ。

しかも龍馬は、自分との関係を知られることで、お龍の身に危険がおよぶことを恐れ、誰にもその存在を知らせなかった。これも私たちと似ている。その二人は、ここで密かに逢引していたのか。時を超え、いっぺんに近しい感情がわきあがる。これはきっと、龍馬とお龍が、

「ちょっと寄っていけ。お前が京都まで探しにきたものが、ここにもあるぞ」

と、引き寄せたに違いない。龍馬が暗殺されたあと、お龍は再婚したが、愛し合う魂たちはここに宿っているのだろう。

強い愛で結ばれた魂たち、伴侶の死後も変わらぬ愛を貫いた魂たちは、古都のあちこちで今も愛を育んでいる。そして愛に悩む者を誘い、励まし続けている。私にはそう思えた。

書きかけのダイアリー

新しい年。

といっても一人暮らしの私、挨拶をする人もない。

いつも通りの質素な朝食を黙々ととる。子どもの頃のような、世界が一変し、厳かで真新しい空気に包まれる感覚はもうない。ただ、ダイアリーが新品になったのが、わずかに新年の特別な情を呼び起こし、こそばゆい。

友人が贈ってくれたそのダイアリーは、黄色地に格子柄のおしゃれなカバー。私の黒ずくめの日用品の中で、唯一、光を放っている。「希望をお持ちなさい」と言っているみたいに。贈り主の気持ちがひたひたと胸に寄せてくる。

私も彼にダイアリーを贈った。

彼は十年用の分厚い日記帳《ダイアリー》を使っていた。

「過去の同じ日になにをしてたかわかっておもしろいんだよ」

と言って。それが使い終わり、頼まれた。

「新しいの買ってきてくれる？　今までのはでっかくて重いから、もうちょっと小さいサイズのがあるといいな。半分の、五年用でいいや」

全力疾走したいような気持ちで紀伊國屋に向かったのを憶えている。日記帳は、命の保証書のような気がした。そこには、私と一緒にいてくれるという意味も含まれている。そこには、生きる意欲がある、未来に希望を感じている……。

出会ってから丸四年になろうとする五十九歳の春先、突然、腎臓の病に倒れた彼。一年間透析を続け、腎臓移植。その大手術のあとから、彼は日記をつけはじめていた。死の淵を覗いた者が生きる希望を持ち、未来を思い描いた証だろう。

十年間、体調はおしなべて安定。彼は実に活動的な時間を過ごすことができた。分厚い日記帳は文字で真っ黒に埋め尽くされる。

頼まれた五年用の日記帳も、彼らしい闊達《かったつ》な文字で埋まった。だが、この五年の間には二度の癌《がん》との闘いがあった。傍《はた》で見ているのが苦しいほどの凄まじい闘病。だが、彼は立ち上がった。並外れた精神力に、彼の息子も舌を巻いていた。

五年後、再び頼まれて日記帳を買う。

「五年用でも十年用でも大きさは同じだったよ。カバーもハードじゃないからそんなに重くないし」

理由をくっつけて十年用を贈った。これからの十年もどうぞ生き抜いてほしい。祈る思いだった。

けれど、記録は二年目の五月でプッツリと止まった。

頁《ページ》の白さが目に痛く、ずっと閉じたままだった。ようやく開き文字を辿る。

私の名前が目に飛び込んでくる。「夕方、裕くる。……○時△分、裕帰る」。

毎日毎日書いてある。私のつくった質素な夕飯のメニューまで書いてある。

大事な一日のできごととして書きとめていたのだと思うと、涙が込み上げた。なぜ帰らずに朝まで一緒にいてあげなかったのかと、自責の念もわく。

しばらく泣いた。

気持ちを鎮め、再び日記帳に目を落とす。

書かれていたのは、取るに足らない日常だった。

車の保険の手続きをする。郵便局でお金を卸す。洗濯をする。スーパーで食料を買う。処方された薬を取りに行く。市役所に住民票を取りに行く。小鳥の餌を買う。大工を呼んでドアの鍵を修理する。菓子を買う。米屋で玄米を精米する。……淡々と書き連ねられた平凡な行為。

しかし、そうではないのだ。時々急にか細くなったり、ふらふらと揺れたりする文字が物語る。彼は脊柱管狭窄症に苦しんでいた。手術をしたのに少しも改善しない腰の痛みと足の痺れに耐えながら、懸命に、全精力を傾けて、彼は日常を営んでいたのだ。

そう気づいたとき、突然、このささやかな日々の行為が〝偉業〟のように思えてきた。そして、私が今まで煩わしく感じていた雑事の一つ一つが愛おしいものに思われた。

ゆっくりと文字を撫でる。書かれなかった白い頁を撫でる。生きるとはどういうことか、彼に教えられたような気がして、ダイアリーをぎゅっと抱きしめた。

ウクライナの歌姫に笑顔を

とんでもないことが起こった。ロシアがウクライナに侵攻した。居ても立ってもいられずに手紙を書いた。友人、オクサーナ・ステパニュックに。

オクサーナはウクライナ出身のソプラノ歌手（正確にはドラマチック・コロラトゥーラ・ソプラノと言って、女声最高音部を特殊な技法の唱法で歌う、世界でも数少ない歌手とのこと）。ウクライナの繊細な民族楽器、バンドゥーラの奏者でもある。コンサートのチラシには、「国内外の数々のコンクールで優勝した実績をもち、現在はオペラに多数出演するなど日本を拠点に活躍。その抜群の歌唱力、卓越した表現力を持つ歌声は、ローマ法王や政府要人からも絶賛されました。東日本大震災のチャリティーコンサートをはじめ、世界各地で平和活動を行う彼女が……（略）」とある。

音楽には素人の私も、彼女の豊かな声量と高音の歌声を浴びると、体の芯にビビビッとエネルギーが走り抜けるような、爽快な感覚をおぼえる。

演奏がすばらしいのはもちろんだが、なにより彼女自身が美しい。面長の整った顔立ち、大きな青い瞳。スラリと高い上背に、肉感的な白い肌がまぶしい。とても二人の息子の母（上の子はもう高校生になったろうか）には見えない。そして、それ以上に心が美しい。少しも驕りがない。謙虚で、素直で、ひたむきだ。有名になっても全く変わらない。それがすごい、と思う。

オクサーナと知り合ったのは彼を通じてだった。もう二十年も前のこと。彼の日課だったプールにオクサーナが通いはじめる。彼女はまだ結婚前。恋人を祖国に残し、単身日本へ渡ってきたばかり。身を寄せた狭山市、入曽《いりそ》の教会の近くに、プールつきのスポーツクラブを見つけた。

昼下がりの陽光が差し込むプールに、ある日突然、真白な肌の異国の美女が四肢をバタつかせ、水しぶきをあげている。その水着は、我々日本のオバチャンが着る、スクール水着に毛の生えたようなものなんかと違って、隠すところは必要最小限。しかも白。男性ばかりでなく、誰もが目を奪われたことだろう。

そんな女性を彼が放っておくはずはない。心の命ずるまま、すぐさま声をかけた。日本語がほとんどまだわからないオクサーナと根気よく会話する。言葉を教え、泳ぎを教えながら。彼女がたったひとり、故郷を離れて異国にやってきたと知る……。こうなれば、もうなにかしてあげずにはいられない。さびしいだろう、不自由だろう、と心配する親心のような愛がたちまち湧き上がる。無論、男心から湧く愛も混じり合っていたのは言うまでもない。

そう言えば教員時代、職場に地方出身者がいると、すぐに近づいて目をかけた。女性はもちろん、男性にも。傍目にはかなりお節介にも見えたようだが、そうせずにはいられないのが彼なのだ。そしてそのおかげで、病の床から命拾いした人も実際にいたのだ。

知り合って間もなく、彼はオクサーナをドライブに連れ出した。恋人がウクライナから会いにくると聞いて、二人を喜ばせようと考えたのだろう。行先は群馬、彼の故郷だ。気に入った人ができると、なにかと言えば群馬に連れて行き、渋川の蕎麦屋で食事したり、あちこち案内したりする。これも彼の常。そうせずにはいられないのだ。

ドライブはたいそう賑やかで楽しかったようだ（私はなぜか同行しなかったし、この話を聞いたのもだいぶあとのことだった）。日本での生活をはじめたばかりの不安だらけの時期に、のどかな田園風景を眺め、美味しい物を食べて、どんなにオクサーナの心は開放されたことだろう。そして、そんな彼女を見て、どんなに彼はうれしかったろう。

「ノボルサン、トナリハ私ダケ。カレ、ズットウシロ」

可笑しくて仕方ないというようにオクサーナは話した。車に乗るときは、助手席は必ずオクサーナで、恋人のカレは後部席。絶対に隣には座らせなかったというのだ。さもありなん。オクサーナの白いスカートの裾を気づかいながら、満足気に車を走らせる彼が見えるようだ。

「ノボルサン、ナンデモハッキリ言ウ。トテモオモシロイデス。ヨーロッパノ人ト、オナジ。ダメナコトモ、マチガッタコトモ、ハッキリ言ウ。考エルコト、ヨクワカリマス」

恋人のカレと口をそろえてそう言った。

日本で親しくなった最初の人として、彼はうってつけだったのだろう。彼にとっても、日本人より心が通い合えたのかもしれない。

ある日彼は、オクサーナを私のアパートに連れてきた。二人ともプールの帰りだったのだろうか。

「この前プールで会ったろ。友達。学校の先生だよ」

私のことをそんな風に紹介していたような気がする。微笑んだ青い瞳と、握った手の温かさになぜかドギマギしたことや、彼女のコートがとにかく重たかったこと（彼女が脱いだ黒革のロングコートをハンガーに掛けようとしたけれど、あまりに重くてもて余した末に落としそうになって、慌てて椅子にドサッと置いたのだった。あちらの人はこんな物をいつも着てるのかとホントに驚いた）、そんなどうでもいいことはよく憶えているのに、どんな話をしたのか、さっぱり思い出せない。お茶くらい出しておしゃべりしたはずなのだが。

一つだけはっきり記憶しているのは、部屋に掛かっていたカレンダーを見るなり、「オー、コワイコワイ……」と彼女が呟いたこと。

世界遺産シリーズのカレンダーは、その月、モスクワのクレムリン宮殿。

私にはカラフルなソフトクリームを戴いた、童話に出てくるようなお城にしか見えなかったから、彼女の口から漏れたその言葉が心にひっかかった。そして、ウクライナという国の歴史を想った。その苦難をまるで知らなかった無知な自分が恥ずかしい。過去は着々と更新され続け、ついに現在に至っていた。

オクサーナは本格的に音楽活動をはじめる。プールも止めた。誘われてコンサートに行ったとき、彼は口数少なに、じっとステージの上の彼女を見つめていた。用意した花束は、

「お前が渡してこいよ」

と言ったきり、動こうとしなかった。

そうして彼女が忙しくなるにつれ、めっきり疎遠になった。

彼が亡くなって、遺作展の案内状を書いているとき、急にオクサーナの顔が浮かんだ。彼の葬儀は身内だけですませたから、交友のあった人たちは誰も彼の死を知らなかった（もっとも彼にはほとんど交友関係なんてものはなかったが）。遺作展は、本当の意味での彼の弔いであり、別れの場だと私は思っ

ていた。

オクサーナがきてくれたら、どんなに彼は喜ぶだろう。けれど、すっかり有名になって忙しい毎日を送っている彼女が、果たしてきてくれるだろうか。第一、出会ったのはずいぶん昔の話。もう忘れているかもしれない。でも、ひょっとしたら……。

祈るような気持ちで彼女の所属事務所に電話する。彼女の引越し先も連絡先も知らなかった。

ほどなくして携帯が鳴った。美しい声が、少したどたどしさの残る日本語で言った。

「私、行キマス！　ノボルサン、トテモオセワニナッタ」

オクサーナは本当にきてくれた。三歳になる息子をバギーに乗せ、相変わらず白く美しい肌に、華やかな笑みを浮かべて。田舎の駅前通りを歩く彼女のワインレッドのワンピースが、秋の日差しによく映えた。

小さなギャラリーの中でも、彼女のところだけ光があたっているみたいだった。その光が、彼の絵に一つ、一つと注いでいく。時々囁くように「アア……」と溜息をつきながら。

鑑賞し終えると、

「コレガ　スキ」

と一枚を指した。春浅い山中、空に向かって枝を伸ばす紅白の梅が咲いている絵、群馬で描いたものだった。あとで彼女に贈ろう、と心に留めた。

「ここで歌ってもらえないかな？　彼のために」

突然思いついて私は訊ねた。オクサーナはさして驚く様子もなく、

「イイデスヨ」
と笑った。
リクエストした『アメージング・グレイス』と、彼女が選んだ『浜辺の歌』。
どこまでも澄んだ歌声がギャラリーに満ち溢れ、空に届かんばかりに響く。

テーブルに置いてあった彼の小さな遺影を胸に抱いてやさしく包み込むように歌う。ああ、彼の魂がふるえている。絵の中で、彼女の胸の中で……。涙がボロボロこぼれた。

歌い終えた彼女は、泣き崩れる私を抱きしめて、耳元で言った。

「ダイジョウブ。ミンナ　メッセージ。鳥モ、オ日様モ……」

魂はそばにいて愛を伝えてくれる。コンサートでよく歌っている『千の風になって』の詞。励ましにまた涙が溢れた。

傍らで先刻から三歳の坊やが大はしゃぎをはじめていた。ママの歌でスイッチが入ったようだ。きっと普段は、歌っている母に近寄るのは禁じられているのだろう。今日はいつもと違う。ちょうど場慣れしてきた頃合でもあり、エネルギー全開。泣き笑いの私が捕まえて抱き上げげても、ケラケラ笑ってするりと抜ける。ママに駆け寄りしがみつく。次の瞬間には絵に突進。背伸びして絵をトントン指しながらママを質問攻め。絵が気に入ってくれたのはうれしいけど、ちょっとはしゃぎ過ぎ。どうしたものかと思っていると、オクサーナがゆっくりとしゃがんだ。坊やと向き合い、目線の高さを合わせて、静かに語りかける。

「チャント聞イテクダサイ。コノ絵ヲ描イタ人ハ、ママガタッタ一人デ日本ニ来タトキ、トテモ　親切ニ　シテクレタ人。大切ナ人デス」

真剣な青い目が小さな瞳をまっすぐに見つめる。幼い子と真摯に向き合う姿勢に感じ入った。坊やはおとなしくバギーに座った。

帰り道、オクサーナは群馬のドライブの思い出を楽しそうに話した。その中で、

「ハルナノ家、ステキデシタ。奥サマ、元気デスカ？」

と訊ねる。

「うん、元気だよ」

答える笑顔が少しこわばった。そうか……。あの日彼は、妻の住む榛名の家にオクサーナたちを連れていったのか。静かな山の大きな家、妻の手料理……。心にさざ波が立った。けれどそれは、嫉妬と呼ぶにはもうひ弱すぎた。微かな疼きは懐かしくさえあった。できることなら、彼という人を愛した者同士、思い出を語り合ってみたいと思う。一晩でも二晩でも……。

オクサーナには私たちのことをなにも話していなかった。彼女は私のことを、まだ彼の友達だと思っているのだろう。それでいい、と思った。友人でも妻でも構わない。私は私。彼を愛した人間。それで十分だ。

ウクライナの情勢は日一日と悲惨さを増している。

先日はハルキウのオペラハウスが爆撃される映像が流れた。オクサーナが何度も立った舞台だろうと思うと胸が潰れそうになる。

オクサーナは今日もどこかで歌っているだろう。平和のために。私もこの地球に今生きる人類の一人として、ウクライナと世界の平和を心から願う。

ウクライナの歌姫に笑顔を。

山桜は自画像

「おまえがいたんだよ！」

日曜の朝。受話器から聞こえる声は弾んでいた。

「散歩してたら、おまえがいたんだよ。あっ、これは描かなきゃ、って思ってさ、急いで絵具を取りに帰って夢中で描いたよ。一時間ちょっとで描いちゃったけどさ。今、帰ったとこ。絵具が乾いたら、ちゃんと額に入れて見せるからね。プレゼントするよ！　じゃあねっ」

電話は切れた。まだ寝起きの私には、なんのことやらよくわからぬままだった。

一週間後、彼はアパートにやってくると、額に入った絵を立てかけた。珍しい真四角の額の中に、やはり真四角の絵がおさまっている。小さな画面に早春を湛《たた》えて。うわあ……！　ひと目で気に入った。

「まだ絵具が乾ききってないから、そうっとね」

と前置きしてから、

「どこにおまえがいるか、わかる？」

彼が訊いた。

すぐにわかった。これが描きたかった、というのが素人の私にもはっきりわかる。見つけたときの感動まで伝わってくるようだ。

「もしかして、これ……？」

絵の真ん中を指差すと、

「そうだよ。どうだい、いいだろう！」

自信に満ちた大きな声。晴れ晴れした顔が心底満足そうだ。

指差したところ、絵の中央辺りに描かれていたのは、一本の山桜だった。うららかな陽射しに白い花が照り映えている。天から降り立った春の精のようだ。

桜は小高い丘の麓《ふもと》に立っている。ゆったりと横たわるその丘を覆う雑木は、まだほとんど裸のまま。が、よく見ると、うっすらと新緑を浮かべている木もある。つい二、三日前に芽吹いたような淡い色だ。丘の手前には畑

が広がる。冬の作物のわずかな青、まだ目覚めぬ桑の木の行列を見せて。畑の奥に、赤い屋根の東屋が小さく見えている。薄く霞をまとった水色の空には、のんびりと舞う二羽の鳥。これはいつもの彼の署名《サイン》だ。狭山の、関東の里山。のどかな早春の風景。

　美しい、と思う。繊細かつ大胆。二〇センチ四方の小さな絵なのに、いくら見ていてもちっとも飽きない。爛漫《らんまん》の春もいいけれど、予感に胸躍らせるこの季節が私は好き。それに桜は艶《あで》やかなソメイヨシノより、清楚な山桜が好き。だから、なおさら心惹かれた。

　ただ……、である。美しい風景の中で、際立って美しいこの山桜が私だというのは、いくらなんでも買いかぶりというもの。もちろん、うれしい。が、それ以上に気恥ずかしい。罪悪感すらわいてくる。純白の山桜を見れば見る

ほど、自分の奥底に眠っているどす黒いものがちらつく。複雑な気持ちになっていると、

「この桜を見たとき、直感で〝あっ、おまえだ〟って思ったんだよ」

私の胸の内を察したかのように彼が言った。

「外見じゃないよ。まあ外見だって俺はいいと思ってるけど。それより心、精神だよ。おまえは本当に精神が純粋だもんな。この桜そっくりだよ。今どきこんな女がいたのかって、何度驚いたことか。この時代におまえみたいな心を持ち続けているってのはすごいことだよ。ほかの誰にもわからなくても、俺が保証する。いろんな人間を見てきたこの俺が言うんだから間違いない」

以来、この絵はずっとそばに飾っている。

絵の前に立つたび、あの日のことを思い出す。彼の言葉は率直な本心だったのか。ひょっとすると、私を励ますためのやさしい嘘だったのか。どちらであってもありがたいことである。あの日以来、この桜のようでありたいと思い続けてきたのは確かなのだ。

いまだに山桜には到底及ばない。自分の醜い心の影に苛《さいな》まれるたび、桜に向かって彼に言う。

「よくぞ誤解をしてくれました。ありがとう。私はいつになったらこんなに美しい心になれるのかねぇ」

そうしてふと気づく。純白の山桜は、私ではなく彼だったのだ、と。この絵は描いた者の心を映した自画像だったんだ。この絵だけじゃない。彼の絵はすべて彼の自画像。だからこんなに澄んで、愛に満ちているんだ。絵とはそういうものだったのか……。

この発見を話したら、彼はなんて答えるだろう。ニヤニヤしながら、

「そうかい?」

なんて、うそぶく姿が見え隠れするのだけれど。

山茶花《さざんか》

掃いても掃いても散り落ちてくる山茶花の花弁《はなびら》
風にのって
小鳥についばまれて
恨めし気に見上げれば
無数の花々輝く彼方に
冬晴れのセレストブルー
あなたの愛した空があった
ふと甦る　あの日の記憶
ひりりと痛む胸の奥

「山茶花の花言葉、知ってる？」

私の帰宅を待ちかねたようにあなたが訊いた

動かぬ足と日がな一日付き合って
テレビで仕入れた知識
早く答えを言いたい素振りがありあり
なぞなぞを覚えた子供のよう

私はせかせか台所へ
睡眠不足でささくれだった心は
愛と日常の優先順位を間違える
無言で向き合ったのは鍋と大根

背中の方からなぞなぞの答え
私の冷淡に気づいていたのかいないのか
どこまでも無邪気な明るさで
「永遠の愛、だって！」

花言葉は誓いの言葉
「永遠」 の響きにくらくら酔ったくせに
私の愛はなんと貧弱だったことか

山茶花は散りつづける
花弁はあなたからの便り
降らしていたのはあなただった
小さなひとひらひとひらに愛を綴って
こんな私を今なお慰めようと

花弁を拾う
白 ピンク 褪せた茶色も 虫食ったのも
手のひらいっぱい集めて抱きしめる
彼方の世界の香り仄かに
花弁たちがゆっくりと温もっていく

あとがき

彼が逝ってしまったあと、不信心で非常識な生き方をしてきた私は、死というものとどう向き合えばいいのかわからず、途方に暮れた。にわかに常識人ぶって、祭壇に供え物をし、手を合わせてみたが、なんだか違う気がしてしまう。行き場を失った思い出話や、一人では整理できない思いのあれこれを遺影に向かってぐずぐずと並べる日々が続いた。言葉は、生前言いそびれた感謝や後悔を道づれに、きりもなく溢れてきた。

一年余り経った頃、思い立ってそれを書き記すようになる。そしてそれはいつしか、月に一度、彼の月命日に捧げるものとなった。月命日の意味すら知らないくせに、と可笑しくなるときもあるが、なぜか私にはしっくりきた。彼の言葉や生きざまを思い起こして綴ることは、鎮魂の祈りに似ているような気がしたし、私の魂も鎮まっていくのを感じた。

とは言え、書くのは容易ではない。『井上ひさしの作文教室』を座右に、毎回うんうん呻りながら、やっとのことで言葉を紡いだ。けれどそんな苦しい作業の最中《さなか》、時々至福の瞬間と巡り合った。「ああ今、たしかに彼と一緒にいた」と肌で感じる瞬間。私は思い出の中で彼と再会し、あの日と同じ会話を交わしていた。書くという営みは、どんなに下手でも真剣でさえあれば、こんな不思議な副産物をもたらしてくれるものだったと、いい歳をしてはじめて知った。

不思議なことはまだあった。書き終えた文章を遺影に向かって読み上げ、「ハイ」と供えたあと、ふとベランダに出たら大きな虹がかかっていたことがある。虹にかわって彩雲のことも、満月のこともあった。ザーザー雨が降っているのに白い月が浮かんでいたことも。遺影がやけに明るいと思ったら、彼の肩の上に月が映っていたこともある。あの日も満月だったとあとで知った。

そういうものを発見したときの驚き！　涙がとめどもなく流れた。みんなみんな、彼の精一杯の返事のような気がして。単なる偶然、なにも発見できないことだってよくあるんだから……。自分にそう言い聞かせても、涙は溢れた。

私たちは、自然というものに強く魅かれていた。自然を見つめ、美しさと神秘に感動し、そこから生きることについて考えた。彼はその感動を生涯描き続けた。だからだろうか、彼の魂は自然の中にあるように思える。彼の死後、私には自然が前よりもっと美しく見え、心に沁みる。語りかけてくるように感じる。流れる雲、移ろう光、頬をなでる風……、すべてが彼方の魂たちから届けられる生者への励ましに思えて、胸がふるえる。古来、人は皆そうやって自然を眺めながら、愛する者を喪った悲しみを慰めてきたのかもしれない。

三年余り、彼だけに向けて書き続けたものをまとめるにあたり、本にしてみたくなった。こんなものでも、もしも誰かの心に届いたら……と夢見る気持ちで。赤裸々な姿が恥ずかしく、少し怖いけれど。

出版にあたり、猪瀬盛さんには誠実な助言と励ましをいただきました。心より御礼申し上げます。

（著者）
猪熊《いのくま》　裕子《ゆうこ》
1960年、埼玉県入間市生まれ
東京学芸大学卒業
中学校、特別支援学校の教諭として勤務

（絵）
猪熊《いのくま》　昇《のぼる》
1937年、群馬県吾妻郡東吾妻町生まれ
群馬大学卒業
中学校美術教諭として勤務

『それでも、恋をしてよかった　亡き人と語り合う愛の記憶』

2023年4月7日　第1刷発行

著者　猪熊 裕子
絵　猪熊 昇

発行　東銀座出版社
〒171-0014　東京都豊島区池袋3-51-5-B101
TEL：03-6256-8918　FAX：03-6256-8919
https://www.higasiginza.jp
印刷　モリモト印刷株式会社